笠間ライブラリー
梅光学院大学公開講座論集
59

# 三島由紀夫を読む

佐藤泰正【編】

笠間書院

# 三島由紀夫を読む

目次

## 目次

# 三島由紀夫を読む

富岡幸一郎

# 三島由紀夫、「絶対」の探求としての言葉と自刃

## ダリの「磔刑の基督」

二〇一〇年は三島由紀夫没後四十年ということもあり、三島関連の本が多く刊行された。いくつかの興味深いミシマ本のなかで、楽しくしかも発見に満ちていた一冊は、『三島由紀夫の愛した美術』（宮下規久朗・井上隆史著　新潮社）であった。

三島は自身でも視覚型の作家といっていたように、「目の人」であり、欧米紀行『アポロの杯』ほかの数々の建築・彫刻・絵画についてのエッセイを書いている。『仮面の告白』に象徴的に登場する聖セバスチァンの殉教図は、作家の生涯を貫くオブセッションであり、ガブリエレ・ダンヌツィオの『聖セバスチァンの殉教』の翻訳本まで刊行している。

しかし、今度の本で私が驚いたのは、三島がサルヴァドール・ダリの『磔刑の基督』を高く評価

していることだった。ミシマとダリの結びつきも意外だが、古代ギリシアの美と廃墟を愛し、キリスト教の洗礼を受けなかった青年アンティノウスの像に称賛を惜しまなかった三島が、こともあろうにイエスの磔刑図（宗教画というより、キュビズムの手法で描かれた聖画のパロディであるが）に深く共鳴しているのは知らなかった。

　ニューヨークのメトロポリタン美術館でこの絵を目にした印象を記した文章は、昭和三十七年八月に発表された短いものだが、そこでは絵画の全体への正確無比な言及がある。一部を引いてみよう。

> むかしのダリから考えると、ダリがカソリックになって、抹香くさい絵を描くことになろうとは、想像の外であるが、なるほどそう思ってみると、初期のダリに執拗にあらわれる澄明な空の無限のひろがり、広大なパースペクティヴには、いつもその地平の果てから、聖性が顕現せずにはおかない予感のようなものがあった。（中略）この「磔刑の基督」は、刑架がキュビズムの手法で描かれておりキリストも刑架も完全に空中に浮游して、そこに神聖な形而上学的空間ともいうべきものを作り出している。左下のマリヤは完全にルネッサンス的手法で描かれ、この対比の見事さと、構図の緊張感は比類がない。又、下方にはおなじみの遠い地平線が描かれ、夜あけの青白い光が仄《ほの》かにさしそめている。

　ダリ晩年の宗教画はアメリカのパトロンのために描いたということで評価は低いそうだが、他の磔刑図（「十字架の聖ヨハネのキリスト」）もそうだが、それは「宗教」の絵画化ではなく、空間に宙吊りにされる十字架と肉体が、宗教化され歴史に固定化される以前の、むしろ原初のイエスの聖性が、この地上の歴史の現実空間を切り裂いて出現した瞬間を描いているかのように見える。しかし、それはあきらかに「神の死」が宣告された後の、人類が原子核を炸裂させた、二十世紀の虚無の空に浮かぶ逆説的な聖性であり、ニヒリズムと背中合わせの「神聖な形而上学的空間」であるが、そうであればこそそこには何かふしぎな圧倒的な力が漲っている。

三島がダリの『磔刑の基督』に垣間見ていた「聖性」は、二・二六事件に材をえた一連の作品（『英霊の声』『憂国』『十日の菊』）に深く相通じるものがあったのではないか。この三作は作家自ら「二・二六事件三部作」として、昭和四十一年六月に『英霊の声』の表題のもとに上梓されるが、「二・二六事件と私」と題したその後記で、三島は「神の死」という言葉を用いている。

……たしかに二・二六事件の挫折によって、何か偉大な神が死んだのだった。当時十一歳の少年であった私には、それはおぼろげに感じられただけだったが、二十歳の多感な年齢に敗戦に際会したとき、私はその折の神の死の怖ろしい残酷な実感が、十一歳の少年時代に直感したものと、どこかで密接につながっているらしいのを感じた。それがどうつながっているのか、私には久しくわからなかったが、「十日の菊」や「憂国」を私に書かせた衝動のうちに、その黒い影はちらりと姿を現わし、又、定かならぬ形のまま消えて行った。

短篇『憂国』は昭和三十五年、戯曲『十日の菊』は同三十六年に発表されている。そして天皇の「人間宣言」にたいする激越ともいえる呪詛の声、「などてすめろぎは人間《ひと》となりたまいし」という二・二六事件の青年将校と神風特攻隊の英霊たちの声を能の修羅物《しゅらもの》の様式を借りて書いた『英霊の声』は、昭和四十一年に発表された。

『憂国』を著してからおよそ五年間のあいだに、三島はライフワーク『豊饒の海』(昭和四十一年九月より連載開始)を構想し、昭和四十五年十一月二十五日の自刃までの死への疾走ともいうべき時期を準備していく。昭和四十一年はその決定的な転機の年であったと思われるが(これについては『国文学　解釈と鑑賞』二〇一一年四月号の拙稿に詳述した)、その間のことを三島は先程の後記でこのように記している。

私の精神状態を何と説明したらよかろうか。それは荒廃なのであろうか、それとも昂揚なのであろうか。徐々に、目的を知らぬ憤りと悲しみは私の身内に堆積し、それがやがて二・二六事件の青年将校たちの、あの劇烈な慨《なげ》きに結びつくのは時間の問題であった。なぜなら、二・二六事件は、無意識と意識の間を往復しつつ、この三十年間、たえず私と共にあったからである。

ここで「二・二六事件」と三島がいっているのは、もちろん昭和十一年の陸軍の青年将校らによる昭和維新の蹶起であり、天皇の大御心に叶うことを願った行動が天皇自身によって斥けられ、挫折し、「叛軍」の汚名を蒙ることになった事件のことであるが、重要なのは、三島自身の「無意識と意識の間を往復」していたのが、天皇を近代的な立憲君主制のうちに位置づけるのではなく、そこに神的存在を見るという精神の志向(二・二六の将校たちはそう志向したと三島は解釈する)のことである。

単行本『英霊の声』は、あきらかに近代日本における「神の死」の神学をテーマにしたものであり、「二・二六事件と私」では、カトリックの熱烈な信仰を持ち、なおかつ「神の死」を体験したフランスの文学者ジョルジュ・バタイユへの強い共感を語っている。つまり、三島が「二・二六事件の挫折によって、何か偉大な神が死んだのだった」というとき、そこで語られ志向されている「神」は、ほとんどキリスト教的・一神教的なGodに置き換えることができるだろう。

若き三島は『アポロの杯』(二十六歳の折に北米・南米・欧州を巡る海外旅行をしたときの記録であり、「眷恋《けんれん》の地」と自ら称したギリシア紀行に多くの頁が割かれている)で、ギリシアの多神教世界の自由さと光輝を賛美してやまなかったが、『金閣寺』(昭和三十一年)以降しだいにその内部の情念に突き動かされるように、相対的・多神教的なものから、むしろ一神教的なものへと転換していくのである。

## 一神教的命題としての「天皇」

『潮騒』(昭和二十九年)は『ダフニスとクロエ』を意識して、ギリシア的な肉体の充溢と純粋さを現代の寓話として描いた作品であったが、その頃に三島は次のようにもいっていた。

古きものを保存し、新しきものを細大洩らさず包摂し、多くの矛盾に平然と耐え、誇張に陥らず、いかなる宗教的絶対性にも身を委ねず、かかる文化の多神教的状態に身を置いて、平衡を失しない限り、それがそのまま一個の世界精神を生み出すかもしれないのだ。(中略)とにかくわれわれは、断乎として相対主義に踏み止まらねばならぬ。宗教および政治における唯一神教的命題を警戒せねばならぬ。(『小説家の休暇』昭和三十八年十一月刊)傍点引用者

おそらく昭和三十年代後半、三島が三十五歳を過ぎたあたりから、自身で「警戒せねばならぬ」といっていた「唯一神教的命題」の影が、作家の内奥から憒きあがるようにして現れてきたのではないか。それは二・二六事件三部作として、さらに『豊饒の海』第二巻『奔馬』(昭和四十二年)や戯曲『朱雀家の滅亡』(同四十二年)、そして実生活においては「楯の会」の結成(同四十三年)へと具体的に作品と行動において表現化されていく。

後年の三島が、戦後日本の「文化の多神教的状態」を嫌悪し拒絶しようとしたのはあきらかであり、その死によって未完に終った『日本文学小史』では、「一個の世界精神」ではなく、逆に厳格な「一個の文化意志」が日本文学史の根幹として語られている。

そして、三島にとって天皇とは、究極的にはまさに「唯一神教的命題」として顕現してきたのは繰り返すまでもない。しかも、その「神」は「神の死の怖ろしい残酷な実感」によってふちどられ、二・二六事件で処刑された磯部浅一の情念と呪詛や、神風特攻隊の英霊の声々へと木霊して、三島その人を一種異様な力で牽引していったのではないか。

もちろん、いわゆる現人神(現御《あきつみ》神《かみ》)の思想は、キリスト教などの一神的なGodではない。日本人の神《カミ》観念は、本居宣長の「何《ナニ》にまれ尋常《ヨノツネ》ならずすぐれたる徳《トク》ありて、可畏《カシコ》き物を迦微《カミ》とは云なり」という八百万の神々であり、「唯一神教的命題」とはかけはなれている。日本の神観念は多

義的であり、そこでは人間的な要素も入ってくる。超越者としての「神」とはあきらかにちがう。そもそも昭和二十一年元旦の昭和天皇のいわゆる「人間宣言」も、〈神《カミ》〉にして〈人《ヒト》〉であるという伝統観念からすれば、「神から人へ」ということを特別に強調したとはいえないかもしれない。しかし、占領下において、GHQ指導のもとでこの「詔書」があらわされたのは、人でありながらも神聖をもって君臨される天皇《スメラミコト》の民族的、精神的支柱としての意味を否定しようとしたものであることには変わりはない。

『英霊の声』の、あの英霊たちの声々は、「陛下はずっと人間であらせられた」ことを百も承知で、だからこそ「陛下御自身が、実は人間であったと仰《おお》せ出される以上、そのお言葉にいつわりのあろう筈はない」と語る。しかし、その〈人《ヒト》〉であられる陛下は、国家存亡の危機のときに、生命を賭して死んでいった者たちのために、国破れし後にあってこそ、「現御神《あきつみかみ》」としてあってもらいたかった。それはまた天皇のために立ちあがりながらも「反乱」軍として処罰された二・二六事件の青年将校たちの、「天皇」の神聖に希望を託した思いとも重なる。

敗戦の時に二十歳であった三島は、この「神の死」を自己の存在の最も深部において体験したのだ。

三島のダリの「磔刑の基督」の評をそのまま借りていうならば、その初期作品（『盗賊』や『岬にての物語』あるいは十代作品まで含めてもよい）の言葉の地平には、「いつもその地平の果てから、聖性が顕現せずにはおかない予感のようなものがあった」といえよう。

## 言語による「神」の存在証明

『日本文学小史』とともに、その死によって未完となったエッセイ『小説とは何か』は自決の翌四十六年の一月に『新潮』の臨時増刊号「三島由紀夫読本」に一挙掲載されたが、その文章のなかで、ジョルジュ・バタイユの『聖なる神』という作品集の鮮烈な読後感を三島は印象深く記している。生田耕作訳によるその翻訳を三島は昭和四十五年、自刃の年に読んだのであろう。所収の『マダム・エドワルダ』『わが母』の二作にふれながら、三島が一貫して関心を示し注目するのは「神の出現の瞬間」である。

バタイユは、「自己を超越する」こと、「わが意に反して自己を超越するなにものか」の「存在」を求める。近代的な自我意識と、「神の死」という虚無を現実認識とする他はない人間にとっては(例外なく現代の人間にとってではあるが)、それは「不合理な瞬間」であり、そこには何か異常で過剰なものが介在しなければならない。

バタイユは哲学者として『エロティシズム』の大著もある作家だが、『マダム・エドワルダ』では、デカルト的な理神論的な「神」の存在証明と、娼婦とのあいだに交される猥雑で狂気じみた行為の交錯のなかに、「神の出現の瞬間」を描きとめようとする。

三島は、この言葉によっては到達不可能な事柄を、作家が言葉によって表現していることに瞠目しつつ、次のような説明を加えている。

この「不合理な時間」とは、いうまでもなく、おぞましい「神の出現の瞬間」である。

「けだし戦慄の充実と歓喜のそれとが一致するとき、私たちのうちの存在は、もはや過剰の形でしか残らぬからだ。（中略）過剰のすがた以外に、真理の意味が考えられようか」

つまり、われわれの存在が、形をともなった過不足のないものでありつづけるとき（ギリシア的存在）、神は出現せず、われわれの存在が、現世からはみ出して、現世にはただ、広島の原爆投下のあと石段の上に印された人影のようなものとして残るとき、神が出現するというバタイユの考え方には、キリスト教の典型的な考え方がよくあらわれており、ただそれへの到達の方法として「エロティシズムと苦痛」を極度にまで利用したのがバタイユの独自性なのだ。

二十代の三島を魅了してやまなかったのは、文学（創作）における古典主義的作法であり、「過不足のない」完璧なフォルムと美の結晶体としてのギリシア的存在であった。

『私の遍歴時代』（昭和三十八年）でも、二十六歳の折の世界旅行でのギリシア体験を想起してこういっている。

私はあこがれのギリシアに在って、終日ただ酔うがごとき心地がしていた。古代ギリシアには、「精神」などはなく、肉体と知性の均衡だけがあって、「精神」こそキリスト教のいまわしい発明だ、というのが私の考えであった。

三島がこの「考え」を変えたわけではあるまい。すなわちギリシアの神殿の廃墟とその上に君臨する青空の美や、ハドリアーヌス皇帝に寵愛されながらエジプト旅行中にナイル河で謎の溺死を遂げたアンティノウスの運命、そうした存在の確かさに象徴される、その「過不足のない」充溢を憧れ愛しつづけたことは容易に想像される。

しかし、このギリシア的存在への果たしえない憧れを、彼自身の内なる運命が突き破り、転回させた。十一歳の少年三島が、はるかに聴いた雪の日の軍靴の響きが、同世代の夥しい仲間もまた散華した戦争の、終わりの日の陽光が、そして、それら一切を虚無と化すような天皇の「人間宣言」が、ギリシア的な安定した多神教的世界の夢の揺籃のなかから、危険で熱狂的な平衡を失した「唯一神教的命題」へと、三島を転回させたのである。

あえていえば、それは多神教から一神教へのコンヴァージョン（回心）といってもいいだろう。しかし、逆説的なのは、それは「神」の存在を信じることによってではなく、「神の死」の苛烈な現実を、身に帯びて知ったことによる回心であった。

## 自刃という行為の意味

ジョルジュ・バタイユの作品を通して、三島は「神の死」の後の「神」の顕現について語ってみせたのは、すでに紹介した通りである。

……神が出現するというバタイユの考え方には、キリスト教の典型的な考え方がよくあらわれており、ただそれへの到達の方法として「エロティシズムと苦痛」を極度にまで利用したのがバタイユの独自性なのだ。

しかし、バタイユのこの「独自性」もまた言語の領域（ぎりぎりの限界への冒険であるとはいえ）にあったのはいうまでもない。

三島が明晰にそして最終的に自覚していたのは、この言葉の限界性であった。『太陽と鉄』は、自裁のプロセスと心理的構造を余すところなく分析したまことに戦慄的なエッセイであるが、そのなかで次のように明言しているのだ。

私は今さらながら、言葉の真の効用を会得した。言葉が相手にするものこそ、この現在進行形の虚無なのである。いつ訪れるとも知れぬ「絶対」を待つ間《ま》の、いつ終るともしれぬ進行形の虚無こそ、言葉の真の画布なのである（中略）言葉は言われたときが終りであり、書かれたときが終りである。その終りの集積によって、生の連続感の一刻一刻の断絶によって、言葉は何ほどかの力を獲得する。少くとも、「絶対」の医者の待つ間の待合室の白い巨大な壁の、圧倒的な恐怖をいくらか軽減する。

この「絶対」を、「神」といいかえてもいい。いや、ここではあきらかに神の顕現のことがいわれているのであるが、三島が明瞭に認識していたのは、「言葉」によってその存在を暗示（バタイユ的手法）することは十分に可能であっても、それは「現在進行形の虚無」にたいしては一場の役割しか果たしえないということである。

自裁という行為が決定的な意味を持ちだしたのは、ここにおいてであろう。「神の死」の現実の虚無のなかにおいては、バタイユのいう通り、「過剰のすがた以外」に真理を把握し、神の出現に立ち合うことはできない。「自決」とは自由のマイナス極限で、自己の存在を破壊することであり、その決定的、一回的な欠損の過剰さのなかにこそ「絶対」は到来するであろう。そして遺作『豊饒の海』は、仏教的な相対主義に呑み込まれてゆく、あらゆる歴史と存在を描ききって完結する。

三島の自決が四十年の歳月を経て、今日に至るまで深くおおきな影響と衝撃を与えつづけているのは、三島が自己の存在そのものを、戦後日本社会という虚無の時空のうちに磔刑とし吊し、供犠としてささげてみせたからである。そして、われわれは未だにその「死」の深い本質的な宗教性を知らずに（あるいは知ろうともせずに）いるからだ。

三島の死後七年目、『サド侯爵夫人』のフランス語訳とパリでの上演に関わった作家ピエール・ド・マンディアルグは、戦後の仏作家のなかでの最もすぐれた才気ある書き手の一人であるが、仏文学者の三浦信孝氏のインタビューに答えてこう語った。

現在では、三島はジョルジュ・バタイユに強く惹かれていたとよく言われますが、私には確信はありません。（中略）しかし私の見るところでは、三島はバタイユとはだいぶ違います。彼らの類似点は、彼らに共通する絶対に対する情念であり、生と生の哲学を極限まで、絶対まで追究しようとする情熱ですが、三島は、自分の観念を真の極限にまで、血と死にまで追いつめる実例をわれわれに残した唯一の存在であって、残念ながらバタイユはそうした実例を残したとは到底言えません。（『海』一九七七年五月号）

三島の文学と行動の総体を一言で射抜くマンディアルグのこの見解は、一神教にたいしてほとんど理解を拒もうとするこの国では、残念ながら聞くことができなかったものなのである。

# 畏友を偲んで

髙橋昌也

テレビのブラウン管に映し出された市谷の自衛隊駐屯地のバルコニーに仁王立ちになり、無反応に見上げる隊員達に向かって拳をふるい「檄」を飛ばす空しい姿と、翌朝の新聞の一面に掲げられた現場写真の左片隅に、自刃の後に斬首された頭部と思しきものが小さく転がっている画像とが四十年を経た現在も生々しく脳裏に貼りついていて、彼を敬愛してやまなかった私にとって、数々の彼との思い出を記すことはまことに辛いことですが、生前の彼との途切れ途切れではありましたがほぼ二十年に亘っての交友の、そのときに感じた私なりの感想をお話ししたいと思います。ただ私は三島由紀夫の研究者でも、まして評論家でもないので、これから述べることが独断的であったり、ゴシップめいたものであったり、また脈絡を欠いたものであることも最初にお断りしておきます。

たまたま彼と私の母親が女学校時代の親友で、二人の息子が横道にそれてしまったことを嘆いた愚痴を、電話でこぼしあっていたのを度々耳にしていましたが、彼は文学界の新星として既に名をなしており、一方私は河原乞食と蔑まれていた芝居の世界にのめり込んでいましたので、交友の機会はあるまいと思っていました。しかし彼の処女戯曲「燈台」が文芸誌に載り、素人芝居の仲間がこれを上演しようということになって、演出を担当することになった私が上演許可願いの文書を郵送したところ、すぐに快諾の返事を貰いまして、その文面がとても丁重な上、彼の直筆の文字が流麗というか、伸び伸びした筆体で、今になってその手紙を保存しておかなかったことを悔やんでいますが、確か昭和二十三年の秋、有楽町の駅近くに「毎日ホール」という小劇場があって、そこで短期間上演し、初日の観劇後楽屋を訪れた三島氏とのそれが初対面でした。初対面の印象は、きわめて育ちの良い礼節ある寡黙な白皙《はくせき》の好青年で、それは後年の彼の明朗闊達な饒舌ぶりとは対比をなすものでしたが、あるいは初めて目にする「芝居の楽屋」という異空間が彼を戸惑わせていたのかもしれません。

その後私はプロの劇団（当時は俳優座、文学座、民芸の三劇団しかなかった）に入り三島氏との交流はしばらく途絶えていましたが、昭和二十七年秋の俳優座の公演の主役に抜擢されて、初日に観劇に訪れた彼との再会が本格的な彼との交際のきっかけとなりました。

当時は公演の初日が著名人の招待日となっていて、特に新しい創作劇には錚錚たる作家や評論家が多数来場し、終演後の酒宴の席でさまざまな論評が飛び交うのが通例でしたから、二十人近くが連れ立って馴染みの居酒屋に向かったのですが、あいにく全員入れきれずに二手に分かれての宴席になり、片方は小林秀雄をはじめとして、中村光夫、福田恆存などの一派で、三島氏もそれに加わり、もう一方はこの芝居の作者加藤道夫と「マチネ・ポエティック」の仲間の中村真一郎、加藤周一、福永武彦たちで、私は作者の組に入らざるをえませんでしたが、いつしか別席での痛烈な酷評が耳に入り、翌年の加藤道夫の自死の起因になったとさえ言われましたが、それはともかくとして、その舞台で共演した女優と三島氏とが、きっかけは定かではありませんが交際を始めていて、彼女の自宅を訪問するのになぜか同行を頼まれて連れ立って出向いたのですが、それが一度や二度ではなく、訪問の度に同行を要請する連絡が入り、なんとも奇妙な三人でのデートがしばらく続きました。彼女の家での会話の内容がどんなものだったかは皆目忘れてしまいましたが、三島氏にはその席が楽しかったようで、いつも上機嫌であったので、勝気な彼女の率直な物言いがいたく気に入っていたのかもしれません。そんなデートのある日、約束の時間を多少遅れてやってきた彼が「いや、申し訳ない。実は熱海から直行したんでね」と言い、その頃には珍しかった仕立ておろしの三つ揃いで現れ、「ねぇ、この髪型いいだろう」と当時流行の兆しをみせていた「リーゼントスタイル」という両鬢を油で塗り固めた頭髪を指差して、「昨日向こうの床屋でやらせたんだ」と自慢げに語るのをなんとも奇異に感じたことは印象深く残っています。このデートは彼女の家での夕食を挟んだ数時間で、判を押したように午後の九時には彼女の家を二人連れ立って辞したのですが、これも判を押したように帰りの駅の公衆電話で毎回自宅に連絡を入れる彼に疑念を持った私が訊したところ、「いやあ、お袋に、ちゃんと腹巻しているかと言われちゃってねぇ」と成年男子にあるまじき、ましてや既に流行作家として名をなしている彼の告白には驚きましたが、これはお互いに出自を知っている気安さからの発言だったのでしょう。

こうした彼の母親の過保護は、今思えば幼少の頃に姑に独占されていた我が子を自分の手に取り戻した母親の反動による厳しい躾と、もともと虚弱体質だった彼への過度の配慮からであったのでしょうが、何度か面識があった三島氏の母親の、気位が高く才気渙発な性格から察して、彼への支配力は絶大なものだったと思われます。先の不自然極まる三人でのデートはやがて自然消滅しましたが、常に私を防波堤として連れ添って、いつまでも煮え切らない彼に彼女が業を煮やした結果かもしれませんが、これはまさに「永すぎた春」だったというべきかもしれません。

ほどなく彼は唯一の劣等意識であった虚弱体質と運動能力の欠如の克服に異常なまでの精力を注ぐようになるのですが、ひとつはボディビルによる外見的な肉体改造であり、いまひとつはボクシングを始めとする格闘技の習得によっての運動能力の向上でしたが、そのいずれもが過酷な修練を必要とするものでしたから、それを己に課すには並々ならぬ覚悟と強靱な意志なくしては成し遂げられないもので、私も彼に勧められて数回ジムに通いましたが、初級からのレッスンは厳密にスケジュールが組まれていて、バーベル上げなどでもけっこう体力を消耗する上、もっと厄介なのは訓練した後の筋肉のための温水浴やマッサージなどに予想外の手間暇がかかることで、数回で私は棄権したのですが、三島氏が見違えるほどの筋肉隆々とした肉体を手にするまでには想像を絶するほどの苦難の日々の連続だったと思われ、まして流行作家として依頼された原稿書きにも追われていたはずですから、彼の肉体改造への意志の貫徹は並大抵のものではなく、ひょっとしたら受難にも似たそうした労苦に、むしろ快感めいたものすら感じていたのかもしれませんし、その頃の三島氏にとっては己の肉体改造の方が文学活動よりも優先されていた感があります。彼にとってこの鍛錬の過程の辛さに比べれば、作品をものする作業は、彼のような明晰な頭脳と該博な知識、そして闊達な文章力の持ち主にとっては数倍も安易なことではなかったかと察せられます。なぜなら彼は作家にありがちな行き詰まりとか苦悩といったものとは全く無縁のところで著作活動を円滑に進められる資質に恵まれていたからに他ならないからでしょう。ですから日を重ねるごとに少しずつ隆起してゆく自分の肉体の筋肉を日々鏡に映しては、密かに何にも勝る悦楽を感じていたと想像されますし、このナルシズムなくしては到底達成することは不可能ではなかったかと思うからです。そしてついに彼は見事に隆起した胸筋と逞しい上腕を持った肉体を獲得しました。彼はもともと明朗な性格ではありましたが、この肉体改造の成功によってより行動的で活気に溢れ、衣類の変化も著しく、獲得した筋肉が露出した服装を好み、頭髪も丸刈りにしてスポーツマンを売りものにするような外見の変化も見せ、その風貌はますます自信に満ち溢れるようになりました。そして、それまでもいくつか手を染めていましたが、劇団の要請を受けて「文学座」の文芸部に席を置くことになり、積極的に戯曲の創作に関わることになるのですが、同時期に私も文学座に属していたので、彼との付き合いはより親密なものとなって度々劇団の中庭で談笑に打ち興じる機会を得るようになりました。その頃のほどよく日焼けした素肌に密着するようなシャツを纏い、日本人にしては珍しい濃い胸毛を露に胸元を肌蹴て豪傑笑いにも似た呵呵大笑をしていた彼の自信に満ち満ちた姿は、今も鮮やかに記憶に焼きついています。

こうした彼の強固な意志によって外見的な男性的肉体の改造は成し遂げましたが、意志の力ではどうにも変えられないもうひとつの資質、「同性愛」の資質は後の三島氏の人生に思わぬ影響をもたらすことになるのですが、その原因はマルクーゼの「エロス的文明」によれば、極度のナルシズムから生じるドンファン的な資質によっていかなる女性にも充たされない結果、もしくはマザーコンプレックスによる母親より優れた女性を見出せないのが要因と二分化されていますが、三島氏の場合は彼の母親を知る者として、後者が主な要因であり、肉体の改造に執心した彼自身の生来のナルシズムがないまぜになったものと考えてよいでしょう。

彼は生涯を通して「美」と「情念」への追求に徹していたといっても差し支えないでしょうが、彼の作品から照らしても、虚構の中にいかにして美と情念を表出するかというのが主たる命題と理解していますが、それが著作という作業のみでは充たされずに、自分自身の実人生の中にも取り込もうとしたことが悲劇の始まりだったかもしれません。それは三島氏が生来持っていた潔癖さによるものと思いますが、それにくわえて彼の同性愛への志向が逆に極端に作用して女々しいものへの嫌悪が増大し、怠惰や脆弱さを売り物にして憚らない作家太宰治に対する面前での罵倒という形で表れたのは、その代表例といってもよいでしょう。さらにいえば、彼は己の人生そのものを虚構の中に構築して、自身のみが肯定する美と情念を演出すべく決意を固めたのではないでしょうか。

そうした彼の性向を熟知していただろう母親は、世間体を慮ってか彼にふさわしい結婚相手を見つけることに奔走したと思われ、幸いにも著名な日本画家杉山寧氏の息女を娶ることに成功しましたが、彼女を選んだ裏には、母親が吉原の名楼「角海老」の娘であり、その血を受けている彼女であれば閨事に長けているだろうとの憶測からとも思われますが、遥子さんには失礼ながら三島氏にとっては母親が勧める相手であればどんな女性でもよかったのではと思われ、実際に二子をもうけたのだから母親のこの人選は正しかったのだろうし、三島氏にとってもまたとない母親孝行の証だったといってもよいでしょう。この結婚を機に三島氏は大田区馬込に新居を構え、両親の住む平岡家に隣接して新築したこの家には何度か招かれましたが、さして広くない正門から玄関口までの芝生に覆われた庭園風のあちこちにギリシャ彫刻を模したレプリカの立像が数体配置されていて、その異様さに私は唖然としたのですが、これが彼の美意識に基づくものとすれば、まことに浅薄なものとも思え、多くの著名な文化人が書画骨董の類を収集して「侘び寂びの美」の世界を愛でる人々とは正反対の立場であることを、笑われることを承知で造ったのかもしれないと、善意に解釈する他ありませんし、彼特有の無邪気さの表れとも考えられます。彼の家での晩餐は長い食卓に数本の蜀台を灯してのフルコースの欧風貴族に似たもてなしで、こうした形式的な美の実践を自分の実生活にも意識的に取り込もうとした思惑もあったかもしれません。また、案内された広々とした書斎はきちんと整頓されていて、破り捨てられた原稿の紙片などはどこにも見当たらず、著作の苦労のひとかけらさえ感じられなかったのは、構想さえまとまればいともたやすく作品を生み出せる彼ならではの稀有な才能の証だったと思われてなりません。こうした彼の美意識は、ひとつ「金閣寺」

の焼失事件を扱った小説の水上勉のそれとはアプローチの仕方に明確な差があって、こうしたアプローチは「光倶楽部」の事件を題材にした初期の作品から一貫していたといってもいいでしょう。

戦後二十年を経て経済大国に変身する一方で、飽食とアメリカの軍事力の傘の下での平和呆けした日本の本来のあるべき姿を探るべく、小林秀雄の「本居宣長」についての評論を始め、いわゆる「国学」への見直しが行われ、賀茂真淵を始め、塙保己一、そして宣長の後を継いだ平田篤胤の極度な復古思想と攘夷尊王の思想は、三島氏にとっては、絶好の追い風になったと思われます。一時期ではありますが、大蔵省のエリート官僚として国益を担う立場にいた彼なので、マルクスやウェーヴァーにも精通していただろうし、古代から中国の影響を受け続けてきた日本の、儒教や仏教の排斥を求め、「古事記」をはじめ万葉の時代にかえるべきとの国学の思想は、特に古典を愛した三島氏を強く捉えたと考えても差し支えないでしょう。また、彼と同年輩の多くの学徒の殉死が、徴兵を免れた彼にとって強い負い目になっていたことも確かでしょう。敗戦直後の昭和天皇の「人間宣言」はそうした彼にとっては衝撃的な「神国日本」の消滅を意味する重大な発言だと思われるので、「なにゆえに天皇《すめらみこと》の現人神《あらひとがみ》になり給いしか」との嘆きは、彼の「憂国」の中の一節だと記憶していますが、先に述べた「侘び寂び」の「静」の美より言動一致の「動」の美に己を託した彼の目立った右翼的な言動は、日々顕著になって、ついには「楯の会」という右翼集団を結成するに至りましたが、それ以前の数回にわたる自衛隊への体験入隊での訓練に励んだのは、彼らの「愛国心」の実態を探るものとも考えられ、隊員たちの愛国心のはなはだしい欠如に失望した彼が、みずから

「醜《しこ》の御楯《みたて》」となることを世間に周知させることで、逃げ場のないところへ故意に自分を追い込んだものと考えられますし、一方、見目麗しい多くの若者との連帯行動は彼にとってまたとない悦楽のときであったと思われます。以来、彼の言動は極右的になって、私はそうした彼を憂慮していましたが、特に明治維新の功労者を巻き込んだいわゆる「武士の反乱」、江藤新平が加担せざるを得なかった「佐賀の乱」に始まり、福岡の「秋月の乱」、山口の「萩の乱」や特に三島氏が傾倒した熊本の「敬神党」、一名「神風連の乱」が引き金となっての西郷隆盛をも巻き込んだ西南戦争などの鎮圧に、それまで平民とよばれていた一般庶民を強制的に徴兵して組織した多数の「官軍」を利用した政府の政策や、そのさなかに病死した木戸孝允、戦死した西郷隆盛、不平士族に暗殺された大久保利通らの本来ならば明治の新政府の重鎮であるべき人物が相次いで世を去り、漁夫の利ともいうべき伊藤博文や山形有朋らの新政府樹立そのものに、三島氏は強い不快感と嫌悪感を持っていたのではないかと察せられます。こうした「錦の御旗」の不正な揚げ方を批判して、正しい「錦の御旗」の掲揚のあり方を三島氏はわが身を賭して示したかったと理解せざるを得ません。こうした彼の中にもともと潜んでいたニルヴァーナ現象というべき「真の安息の場所」である「死」への希求は顕在化して、それ以後は己にふさわしい死に場所と死に方を模索していたと思われてなりません。

「三島由紀夫」というペンネームの由来は伊豆の三島から見上げた霊峰富士に積もる白雪に因んだものと考えられ、また、この彼の「美しい祖国日本」への尊厳の願いを込めた命名は、偶然とはいえ、彼の最後を象徴するものであると思われますが、六十年の安保闘争の流れを受け、七十年の安保闘争に向けてより極左化した学生達の暴力的な闘争が日ごと激しさを増す中で、東大の安田講堂で催された全共闘との公開討論へ単身乗り込んでの熱弁は、暴力による革命の肯定で意外にも喝采を浴びましたが、本来の真の敵は彼らが敵視するアメリカではなく、むしろ共産中国であることを主張したかったのではないかと私は理解しています。昭和四十年頃に訪中新劇団で熱烈歓迎を受けたのをきっかけに、すっかり共産中国の虜になって、しばしば訪中を繰り返していた杉村春子のために、「鹿鳴館」を始めとする数々の戯曲を提供していた彼が、そうした杉村春子への踏み絵というべき「喜びの琴」という作品を敢えて提供し、彼女の出演拒否によって生じた劇団の分裂騒ぎは当然彼の予測していたことでしょうが、こうした共産中国への巧みな懐柔策の危険性を深く予知していたからに違いないと思われます。また、右翼的な行動に主眼を置いて、文筆家としての作業がなおざりになってしまったと思われていた彼が、遺言にも似た「豊饒の海」四部作の長編小説を完結させた後の自死は、彼の誇りの高さと潔癖さ、そして生来の律儀な性格によるものといってもよいでしょう。

すでに関係者が故人となった現在、明かしても許されるだろうと思うので敢えて記しますが、テレビの報道で彼の死を知った私が、弔問の是非を彼の自宅へ電話で尋ねたところ、その電話口に出たのが通称「アッちゃま」と呼んでいた元華族の夫人で、われわれの間では「鏡子の家」の主人公のモデルとも目されていた才色兼備の女性で、平岡家の信頼も厚く弔事に関わる一切を彼女が任されていたようで、弔問の人選も取り仕切っていたらしく「どうぞ、いらして」との彼女の快諾を得て馬込の三島邸を訪れましたが、検死のため遺体がなかったからか弔問の客は数えるほどで、勝手口に近い八畳ほどの和室の小さなちゃぶ台に白布を掛けたその上に等身大の三島氏の遺影と、その右下に彼と死を共にした森田必勝のカタログ大の写真が飾られて、形ばかりの焼香の器具が置かれている粗末でもの寂しい席で、憔悴しきった遥子夫人の脇に二人の幼子がけなげにも座しているのが哀れというしかなく、それ以上に悲嘆に暮れているに違いないと母親の心中を察していた私の眼の前に、予測とは正反対の嫣然《えんぜん》とした笑みさえ浮かべ、選び抜かれた上質の小紋の和服に鮮やかな紫紺の羽織を纏い、遥子夫人を背にして座ると、おもむろに懐中から煙草を取り出して、悠然と一服ふかしながら、悔やみの言葉に窮していた私に向かって「よく来てくださったわねぇ」と謝辞を述べた後、森田必勝の写真を指差して「ねぇあなた、分かるでしょう、森田君いい男だものねぇ」と背後に居る遥子夫人にあてつけるような物言いと、胎内回帰を果たした愛しい息子を独り占めにした満足感に満ち溢れた晴れ晴れとした表情には返す言葉が見つかりませんでした。

三島氏が自死の方法に、最も肉体的苦痛を伴う日本固有の割腹による死を選んだことは、あくまでもこの国の武士（もののふ）としての潔い形式こそ最もふさわしく誇りに満ちたものとの自負からと、愛する祖国へ警鐘を鳴らすための最も効果的な方法という意図もあったと察せられます。

三島氏の死については様々な憶測や推理が現在も続いているようですが、私にとっては、畏敬してやまなかった彼の有り余る才能の突然の喪失を惜しみ哀しむのみですが、現在この国を騒がせている尖閣諸島への領海侵犯事件にしても、レアアースという希少鉱物をめぐっても、この四十年で軍事的にも経済的にもアメリカに比肩する超大国に成長した共産中国の策謀と脅迫にただただあたふたするばかりで、国家の尊厳を示す手段を持てず、ただただアメリカに頼るしかない屈辱的な国に成り果てた姿を、四十年前の三島由紀夫は予見していたのではないかと、この国の為政者の対応のあいまいさを目にする度にかつての祖国や民族の誇りすら捨て去った、誠に情けない国家に成り果てて、この国の滅亡すら絵空事ではなくなった現在、彼の自らの死を賭しての警鐘の重大さを改めて痛感するばかりです。

久保田裕子

# 『鹿鳴館』の時代
## ——明治の欧化政策と女性たち——

### 一　鹿鳴館時代と明治の欧化政策

三島由紀夫の戯曲『鹿鳴館』（「文学界」一九五六・十二）は、文学座二十周年記念公演として同年十一月二七日〜十二月九日まで第一生命ホールで上演された。当時の三島は『金閣寺』（新潮社、一九五六・一〇）を発表した直後で、文壇においても確固たる地位を獲得していたが、『鹿鳴館』が大成功を収めたことで、三島は劇作家としての地位も確立することになった。『鹿鳴館』は、明治の欧化政策の時代を背景に、鹿鳴館の夜会、新橋の名妓であった伯爵夫人、生き別れになった親子の名乗りといった古風なメロドラマが展開している。元芸者であった影山伯爵夫人朝子は、元恋人と息子のために舞踏会を成功させるべく、自分の誇りを曲げて着物からローブデコルテに着替えて登場する。その華麗な変身ぶりは、文学座初演の舞台で主演を務めた杉村春子にとっても重要な見せ場であった。

また鹿鳴館時代は泉鏡花や芥川龍之介などの文学的イメージの源泉となってきた。三島の『鹿鳴館』において、文学的プレテキストや明治期の同時代言説を吸収しつつ、どのような歴史的・文化的なイメージが取り込まれていったのか。本論においては、作品の背景となった明治期の歴史や文化と、そこに見られる視覚表象が視覚芸術としての舞台とどのように交錯していったかという点に焦点を当てて考察してみたい。

鹿鳴館という明治の近代化を象徴する建築は、一八八三（明治十六）年に完成した洋風煉瓦造二階建で、工部大学校「御雇教師」であったイギリス人ジョサイア・コンドルが設計した。外務卿井上馨の西欧諸国との条約改正交渉は破綻し、一八八七（明治二〇）年に外務大臣を辞任するが、それまで鹿鳴館は井上外交と密接な関係を持っていた。一八八三（明治十六）年十一月二八日の鹿鳴館開館式における井上馨の演説は、「我輩が世界文明進歩に最も重要の元素なりと何国にても認められたる好意と友情を益す親密にし、益す永存せしめんと欲するの証拠となりて存するべきなり」（「東京日日新聞」明治十六年十二月一日）という創立目的について述べている。さらに井上外交の主眼であった欧化政策とは、次のような開化政策を意味していた。

諸外国と対等の条約を締結するには、諸法規・諸制度の完備・国力の充実にあることは勿論であるが、これと共に我が国の文明をして欧米諸国のそれと匹敵する域に進展させ、世界文明国の班に列せしめることが必要である(1)。

また「鹿鳴館の夜会」（「東京日日新聞」明治十七年十一月五日）という新聞記事では、「能く内外の交際に慣れ玉ひたる様の逈かに去年に勝れて実にも斯る会場の光を増すことの外国の貴婦人にも劣り玉はざるぞ貴かりける」という自負や誇りが伝えられている。一方で批判や揶揄も見られ、一八八〇年代の欧化時代をめぐる同時代言説の中でも両義的な側面があったことがうかがえる。また内田魯庵の「鹿鳴館時代――きのふけふ――」（『きのふけふ――明治文化史之反面観』博文館、一九一六・三、瀬沼茂樹編『現代日本記録全集4　文明開化』所収、筑摩書房、一九六八・一〇）は、大正時代から鹿鳴館時代を回顧して次のように述べている。

その頃鹿鳴館の名はエキゾチックの響きを伝えて直ちに舞踏会を連想させた。今では舞踏会は天長節の夜会の儀式となって、少数外交団に専有されてるが、その頃はほとんど連夜の催しであって、遠くからでも鹿鳴館の白亜を見るとオーケストラの美しい旋律が耳を掠めるような心地がした。

しかし「こういう猿芝居的欧化熱がいつまで続くべき。」という魯庵の疑問の通り、「潮のごとくに押寄せる民論はますます政府に肉薄し、易水剣を按ずる壮士は慷慨激越してアワヤ帝都は今にも革命の巷となろうとした」（『きのふけふ』）という、『鹿鳴館』における壮士乱入計画の危機を裏書きするような動向を伝えている。これらの証言が示すように、当時の日本人にとって鹿鳴館に象徴される欧化政策は異国への憧れをかきたてると同時に、屈辱のひとこまでもあった。

## 二　鹿鳴館時代をめぐる視覚表象

鹿鳴館で開催された西欧を模倣した夜会は、世論の批判を浴びる一方、国民にとっては新時代への関心という両義的な反応を巻き起こした。例えば鹿鳴館錦絵は、鹿鳴館に行くことのできなかった大多数の国民にとって、西欧化を目で確認するための重要な情報源であり、伝統的手法で描かれた西欧風俗は、二つの文化の狭間で引き裂かれた当時の文化状況を象徴していた。一八八六（明治十九）年に来日したイタリアのチャリネ曲馬団は、天長節の夜会の二日前の十一月一日に吹上御苑で天覧に供され、その模様は「皇后の宮始め女官方悉く束髪洋服にて」（「束髪の景況」「女学雑誌」第四二号、明治十九年十一月二五日）と伝えられる他、楊洲周延の錦絵「チヤリネ《チヤリネ》大曲馬御遊覧ノ図」（明治十九年）［図1］(2)には洋装した明治天皇・昭憲皇后や女官たちの姿が描かれている。多木浩二によれば、錦絵は「江戸時代から明治にかけて大衆がもっとも親しんだイメージ」(3)であり、石版や銅版印刷、さらに写真が印刷可能になる明治三〇年代までは、殆ど唯一の「大衆の視覚情報媒体で、社会的な出来事をすぐさま視覚化」した。当時、皇后の服装に一般の興味がどの程度向けられていたかはわからないが、チャリネは作品の中でも久雄と顕子との出会いの場として設定されている。

しかし表層的な風俗をなぞっただけの西欧の真似は、西欧の側からは冷ややかなまなざしで見られていた。一八八六（明治十九）年十一月三日の井上馨外務卿主催の天長節の夜会は『鹿鳴館』の舞台として設定されている。フランス海軍大尉ピエル・ロティは、「江戸の舞踏会」(4)において、「ヨー

［図１］大曲馬《チヤリネ》御遊覧ノ図（部分）
（楊洲周延（３枚続、明治19年）、小西四郎編『錦絵　幕末明治の歴史⑨　鹿鳴館時代』第一出版センター、1977・10）

ロッパ風の建築で、出来たてで、真っ白で、真新しくて、いやはや、われわれの国のどこかの温泉町の娯楽場《カジノ》に似ている。」と手厳しく批判している。一方で日本女性については、「要するにパリに出しても通用するような服装」であると認めているが、次のように付け加えている。

> 彼女はもとゲーシャ（ニッポンの宴会に傭われる舞妓）だったが、大臣に出世する途中の一外交官に見そめられ、落籍されてその妻になり、そしていまでは、外国公使たちの社交界において、エドの花形たる役割を担っているのだそうである。

ここには「エドの花形」を冷やや

［図２］ロクメイカンの月曜日－コルトルダンスの合間
　（ジョルジュ・ビゴー「トバエ」６号、明治20年５月１日号、芳賀徹・清水　勲・酒井忠康・川本皓嗣編『ビゴー素描コレクション２―明治の世相―』岩波書店、1989・7）

かに見るまなざしがあるが、言い換えれば『鹿鳴館』の朝子のような元芸者たちが、新時代の象徴として注目を集める存在であったことを示唆している。
　また政治風刺雑誌「トバエ」の発行者であったジョルジュ・ビゴーは、身に付かない洋装の姿を、西欧側のまなざしを通して戯画化して描いている［図2］。これは着物から洋装への転換、つまりドレスを着たりダンスをしたりするという西欧的身体への転換が、当時の女性たちにとって、いかに無理や負担を強いるものであったかという事情を示している。一方で西欧と日本が出会ったとき、他者との出会いにおいてあらわれるのは、他者の〈真実〉の姿ではなく、むしろ見る側が抱える不安や拒否感、あるいは憧れといったイメージの形そのものが顕在化したと言ってもよい。

このような視覚的表象は、同時代の言説を補完しつつ、現在に至るまで鹿鳴館をめぐるイメージを形作ってきた。さまざまなまなざしが交錯した鹿鳴館時代について、三島自身は次のように述べている。(5)

鹿鳴館時代は当時の錦絵や川柳によれば、まことに滑稽でグロテスクで、一場の開化の猿芝居であったらしいが、今われわれが舞台の上に見るこの父祖の時代は、ノスタルジヤに彩られて、日本近代史上まれに見る花やかなロマンチックな時代と映るであらう。

もちろん時代の隔たりがすべてを美化したことが原因だが、それだけではない。こんな風に、或る現実の時代を変改し、そのイメージを現実とちがつたものに作り変へて、それを固定してしまふ作業こそ、作家の仕事であつて、それをわれわれは、ピエール・ロチ（日本の秋）と芥川龍之介（舞踏会）に負うてゐる。

ここで三島は、鹿鳴館時代をめぐって流布していたさまざまなイメージについて知悉しつつ、「猿芝居」の部分を捨象してあえて「ロマンチック」なものとして理想化し、現実を変容させて舞台の上で美しく描いて見せる「作家の仕事」について述べている。一方で『鹿鳴館』の中では、「貴婦人方を芸妓同様に思ひ、あのダンスを猿の踊りだと見てゐます」という自由党の清原永之輔の台詞を借りて、欧化政策批判を展開している。

これまで述べてきたように、開化時代の欧化政策の象徴としての鹿鳴館をめぐって、対極的な二つの評価が形成されてきたが、三島が作品で導入したのは主に次の視点であったと考えられる。一つはビゴーの画やロティの言葉が作り上げた滑稽な猿芝居というヨーロッパ側から見た評価と、そのようなまなざしを先取りした日本国内における批判である。もう一つは内田魯庵が揶揄と憧憬を込めて回顧したような、理想化された過去としてのイメージである。明治期においては、西欧と比肩できる一等国になるという政治的有効性からの擁護も見られたが、大正期にはむしろ明治を美学的他者として理想化するという視点が導入された。これは芥川龍之介の「舞踏会」(「新潮」一九二〇・一)に見られる大正期から見た明治時代への憧憬とも重なり合い、三島は異国的浪漫劇の舞台として、芥川のプレテキストを踏まえつつ後者の視点に寄り添っている。しかし「舞踏会」の最後に打ち上げられた「我々の生《ヴィ》のやうな花火」の一瞬の輝きは、『鹿鳴館』においてはピストルの不穏な響きと重なり合い、近代国家日本が迎える流血の歴史を暗示して終わる。

このように三島の小説や戯曲は、歴史的・政治的文脈と深く関わり合いながら展開されているが、『鹿鳴館』においても、明治期に国民の目前で繰り広げられた新しい視覚的世界が三島のフィルターを通して選択的に反復されている。それは鹿鳴館などの建築物や女性の洋装も含め、政治的支配層によって意識的に選択された近代化の方向性を示す視覚効果をもたらした。西欧化された表象は、西欧の側が後発近代国家に向ける侮蔑のまなざしに晒されつつ、大衆の新時代への好奇と憧憬のまなざしとも交錯していった。それではこのような歴史的・文化的に構築されていった視覚的なイメージは、『鹿鳴館』という演劇の場においていかに描かれているのか。

## 三　和装から洋装へ―イメージ形成の戦略

『鹿鳴館』に登場する朝子は新橋芸者の出であり、「裾長の着物の褄をとり、すべて御殿風の和装」とト書きにある通り、第一幕の登場から欧化主義とは対峙する存在であることが観客の前に提示される。彼女は西欧的なものを軽蔑する位置にあり、意気と張りを旨とする江戸の文化的遺産を体現する人物として設定されている。彼女は夫が所属する明治政府の欧化政策とは距離を置き、たくさんの夜会服を持っている（言い換えれば夜会に出席することを期待されている）にもかかわらず、決してそれを人前で着ることはない誇り高い人物である。このような設定自体が、理想化され現実離れしたものであることは言うまでもないが、むしろ江戸―明治の対立と拮抗の図式が、衣装という形で観客の前に展開していった点が重要である。例えば［図３］を参照すると、文学座の初演舞台[6]において、朝子役の杉村春子の隣に洋装の大徳寺侯爵夫人季子役の長岡輝子、顕子役の丹阿弥谷津子が椅子に腰掛けて、対比的に配置されている。この部分にはト書きの「椅子二脚を茶室に運び、季子母娘は上つてその椅子にかけ、朝子は上つて座蒲団にすわる」という指示があり、洋服と和服の身体所作が対照的に視覚化されている。和風・洋風がぎこちなく共存していた時代状況と朝子のこだわりを観客に一目で伝える象徴的機能を果たしたと推測できる。

　朝子にとって着物からドレスに着替えることは、傍からは夫の目指す日本の近代化＝西洋化とい

［図３］『鹿鳴館』 舞台写真
1956年11月27日～12月９日、第一生命ホール
（三島由紀夫『名作舞台シリーズ　鹿鳴館』戌井市郎監修、ぬ利彦出版、1990・10）影山朝子…杉村春子（左）大徳寺侯爵夫人…長岡輝子（中央）、大徳寺顕子…丹阿弥谷津子（右）

う国家政策に賛同する姿勢を見せることを意味した。しかし「今夜の鹿鳴館は夜会ではなくて、私がむかし御披露目をした新橋のお座敷になりますの。」という不敵な台詞は、政治と男女の色恋がこの場において交錯していくことを意味している。［図４］のように、ローブデコルテを身につけた朝子は、「政治」と「愛情」というテーマをめぐって夫の影山伯爵と緊張感に満ちた対立劇を演じていくが、二人の勝負が互角であることは、洋装で並び立つ

［図４］『鹿鳴館』舞台写真
（『名作舞台シリーズ　鹿鳴館』）
影山朝子…杉村春子（左）、影山伯爵…中村伸郎（右）

二人の姿を通して視覚化されている。したがってドレスを着ていても、朝子が欧化主義的な価値感を受け入れたわけではなく、彼女が見せたのは「いつはりの夜会」、「いつはりの微笑」であった。いわば欺瞞を承知で演じ切るという点に、彼女の政治性が表れている。『鹿鳴館』において、「政治」と「愛情」という一見相容れないものをめぐって対立劇が演じられているが、政治という公的領域と恋愛・結婚といった私的領域との共通項を見出すというテーマは、他の三島作品にも見出せる。

例えば『宴のあと』（新潮社、一九六〇・一一）の福沢かづは、保守党による談合政治の牙城であった老舗料亭雪後庵の主人であったが、結婚した夫が東京都知事選挙に立候補したことから、生々しい政治の渦中に身を投じていく。かづが垣間見た保守党政治とは、怒っていないのに怒ったふりをしたり、「要するに芸者のやるやうなことをすること」であり、「大仰な秘密くささも情事に似てゐて、政治と情事は瓜二つ」であると考える。かづや朝子は、媚態を込めて男性に接する、いわゆる玄人であり、その点で伝統的女性ジェンダーの領域にいた。政治の世界の側に身を置きながら傍観者に過ぎなかった女性が、否応なしに男の世界である政治の核心に近接していくという状況において、『宴のあと』と『鹿鳴館』は共通している。そして朝子の生きる「愛情」の世界が、「政治」と表裏一体の世界であることが浮かび上がってくる。『宴のあと』においても、公的制度としての政治と私的で個人的な領域にある恋愛・結婚という、一見最もかけ離れたテーマが結び合わされている。二つの作品において、政治にロマン主義的な情念や愛情や嫉妬といった人間的な感情が織り込まれ、その一方で恋愛や結婚の中に、駆け引きや陰謀といった広義の政治性が仮託されている。

当初、影山伯爵は「政治」、朝子は「愛情」を象徴すると自ら述べていた。しかし第四幕において二人が対立する緊張感に充ちた場面で、伯爵が朝子と清原の間の愛情と信頼に嫉妬し、朝子は自らの権謀術数に長けた政治性を露呈していく。このような二項対立と、その構図が逆転していくところに『鹿鳴館』のドラマツルギーがあり、きわめて演劇的な場面であって、作品の演劇性もこの対立と逆転の図式にうちに顕在化している。

そして『鹿鳴館』のもうひとつの特徴は、そのようなドラマツルギーの構図を和装から洋装へという朝子の服装の転換を通して視覚化して描いて見せたところにある。鹿鳴館という建築物自体、あるいはそこで繰り広げられた夜会を描いた錦絵などの視覚的メディアは、新聞記事などの文字メディアと相俟って、圧倒的な影響力を伴って流布した。そして『鹿鳴館』という舞台もまた、「視覚の近代」(7)の到来を象徴する鹿鳴館時代のイメージを踏襲しながら、それらを現前させる俳優の演技や衣装を通して、演劇という視覚芸術を十全に生かした。

## 四　昭憲皇后の洋装

このように『鹿鳴館』は政治と情念の拮抗と交錯というテーマを内包しつつ、明治期以後形成された言説や視覚表象を反映している。ここで作品の背景に目を向けることで、この作品の背後にある歴史的・文化的広がりの可能性をさぐってみたい。

朝子だけではなく、和装から洋装に変わることは、明治期の上層階級の女性にとって政治的な意味があった。洋装化が政治的な問題として取り扱われた象徴的人物としては、明治天皇の后であった昭憲皇后が挙げられるだろう。

一八八六(明治十九)年六月二三日、宮内大臣伊藤博文は、「皇后宮ニ於テモ西洋服装御用可被遊」(8)と通達し、服制において政府主導の洋装が規定され、この後上流女性たちの洋装は急速に進んだ。昭憲皇后は同年七月三〇日に初めて華族女学校に洋服を着用して行啓し、「婦女服制の事に付て皇后陛下思召書」（『朝野新聞』明治二〇年一月十九日掲載）を布告し洋装へと転換を図った。「最初の御洋装はウオルスから、御化粧品一切は巴里から御取寄せになつた[9]」という皇后の服装転換には莫大な費用がかかり、一般の女性には手の届かないものであった。もっとも皇后自身も日常普段着は和服で、「表立ちたる場合は、御洋装遊ばるゝも、平素御居間にあらせらるゝ折は、御和服を用ゐ遊ばされ[10]」ていたと伝えられている。近代皇居研究について、片野真佐子「近代皇后論の形成」（富坂キリスト教センター編『近代天皇制の形成とキリスト教』新教出版社、一九九六・四）や、皇后像の表象分析を行った若桑みどり『皇后の肖像—昭憲皇太后の表象と女性の国民化』（筑摩書房、二〇〇一・十二）などの成果が蓄積され、本論もこれらの論考を踏まえている。鹿鳴館時代は婦人礼装の洋化を決定づけた出来事であり、個人の趣味嗜好を超えて、政治的な文脈のもとに洋装化への方向付けが徹底された。若桑は皇后の洋装の御真影について、欧化・近代化という「全日本女性に示された模範的な女性像」（『皇后の肖像』）と述べている。ここでも洋装化という西欧化の記号は、視覚を通して国家的意図を伝えるという点で大きな影響力を及ぼしたと考えられる。

しかしそれ以前には、昭憲皇后も小袿、長袴の姿として描かれていた[11]。また外国人による目撃証言も残されていて、例えばアメリカ人ジャーナリストのエライザ・ルアマー・シッドモアは、『日本・人力車旅情』（恩地光夫訳、有隣堂、一九八六・十二[12]）において、一八八五（明治十八）年の観菊御会の折の皇后の緋の袴の「幻想のような美しさ」を讃えている。その一方で翌年から始まった西欧風の服装への転換について、シッドモアは「日本の政治的自由と通商的繁栄を増進する上で、古くからの生活とか美しい日本衣装を犠牲にすることが役に立つとするならば、皇后の愛国的な偶像破壊も当然かもしれない」と皮肉を込めて述懐している。この時点で明治天皇は和装の姿から西欧的軍服姿へと既に移行が完了していた。したがって当初は天皇と皇后とでは装束の和洋が相違した御真影が流通していたが、一八八九(明治二二)年頃から夫妻の服装上のバランスをとるために皇后の洋装の御真影が制作された。ここに原武史が述べたような、個別の天皇や皇太子の身体を媒介とする、視覚的で具体的な近代天皇制における「視覚的支配[13]」のひとつの表れを見ることも可能であろう。

そして王権のイメージの視覚化という命題の中で洋装の肖像画が創出され、天皇と皇后が一対の夫婦であるというヨーロッパ・モデルに基づく認識が形成された[14]。その後、昭和十七年に刊行された『昭憲皇太后宮の御坤徳』(渡邉幾治郎、東洋書館、一九四二・九)の「緒言」には、「日本女性の代表者」「日本民族の典型的女性」と賞揚した上で、「昭憲皇太后宮のこれ等の御坤徳が、最高度に於て、明治天皇に添ひ奉つたので、天皇の御盛徳、鴻業が完成し奉つたのである」と天皇・皇后がその役割において相互補完の関係にあったと述べている。崩御後の皇太后を賞揚するという本書の目的もあると考えられるが、「天皇と皇后とは常に竝びて拝察せねばならぬ」という一対の夫婦として機能を果たしたという言説が存在していた点に着目したい。その根拠として、「日本的世界観が高調せられ、世界新秩序建設の理念をここに求めん」(『昭憲皇太后宮の御坤徳』)という国際的評価を意識していた点が挙げられる。同時にそれは西欧先進国における異性愛体制を追認し、一夫一婦制の近代的夫婦像を強調するための必要条件でもあった。

このような昭憲皇后の和装から洋装への転換をめぐる歴史的経緯は、一九五六年に執筆された『鹿鳴館』と直接的に接合する場合には慎重を要することは言うまでもない。しかし作品においては、和装＝心情的な愛情・信頼、洋装＝政治的陰謀として視覚的象徴性を以て対比の構図が作られていた。ここに政治と人間の情念のドラマを目に見える形で表そうとする、視覚芸術としての演劇に対する三一歳の三島の試みを見出すことができる。着物の朝子が手練手管で搦め手から相手を籠絡しようとするのに対し、ドレスに着替えた朝子は苛烈な論理性で夫を追及する。朝子の変貌を見出すよりも、むしろ服装の転換によって、「愛情」と「政治」が相互浸潤しているありようが露呈していったと言った方がよい。いずれにしても夫婦の対立を通してお互いの共通点が浮かび上がり、影山伯爵夫妻はある意味で、相互補完する似た者夫婦であったことを暗示して幕を閉じる。

歴史と演劇との関係について、「芝居に現はれる現象としての事実は、はじめから入念に選び出されたものである」[15]と三島は述懐し、作品に描かれた歴史的出来事は象徴的イメージを伴って選択されたことを示唆している。

その背景の鹿鳴館は、歴史の中から切り取られてきた一枚の動かぬ錦絵にすぎぬ。歴史はそこでは停止してゐる。何のために？（略）人間を日常生活の律法から解き放つて、孔雀のやうにきらびやかに、思ふさま羽搏かせるために。[16]

しかし生きて動いている舞台は、完成された静止画ではなく、俳優の身体や演出を通して、作者の意図とは切り離されて独自の生命を持ち始める。ここまで来て、観客が見ていた『鹿鳴館』が、演劇という場においてどのような姿を見せていたかという問題が残ることに気付く。そこには三島自身にとっても思いがけない驚きと喜び、あるいは幾ばくかの失望が含まれていただろう。その喜びと失望こそが、三島が希求した、小説表現とは異なる演劇という体験の本質であったのではないか。

注

(1) 『世外井上公傳』第三巻(井上馨侯傳記編纂会編、内外書籍、一九三四・三『明治百年史叢書』所収、原書房、一九六八・三)
(2) 三島の「『鹿鳴館』創作ノート」(『決定版三島由紀夫全集』第二二巻、新潮社、二〇〇二・九)には「伊タリヤ王国世界第一チャリ子大曲馬獣苑広告」についての記載がある。明治十九年夏から十一月まで、チャリネ率いる曲馬団は秋葉原や築地の海軍原で興行した。
(3) 多木浩二「視覚の近代」(前田愛・小木新造編『明治大正図誌』第2巻東京二所収、筑摩書房、一九七八・一〇)
(4) ピエル・ロティ『秋の日本』(『世界教養全集7』所収、村上菊一郎・吉氷清訳、平凡社、一九六一・十一)
(5) 三島由紀夫「美しき鹿鳴館時代―再演『鹿鳴館』について」(「新派プログラム」一九六二・十

一）

（6）初演の公演記録（スタッフ）演出・松浦竹夫、装置・伊藤熹朔、衣装考証・木村荘八、照明・穴沢喜美男、効果・吉田貢。（キャスト）影山朝子…杉村春子、影山伯爵…中村伸郎、大徳寺侯爵夫人…長岡輝子、大徳寺顕子…丹阿弥谷津子、清原永之輔…北村和夫、久雄…中谷昇、女中頭草野…賀原夏子、飛田天骨…宮口精二、宮村陸軍大将…三津田健、同夫人則子…荒木道子（『文学座五十年史』文学座、一九八七・四）

（7）（3）に同じ

（8）「官報第八九七号」（明治十九年六月二九日、内閣官報局）

（9）洞口猷壽『昭憲皇太后宮』（頌徳会、一九一四・五）。また皇后の洋装の諸外国への注文先について、植木淑子「明治天皇の皇后の洋装について―文献資料による―」（「日本服飾学会誌」第一七号、一九九八）に詳述されている。

（10）上田景二編『昭憲皇太后史』（公益通信社、一九一四・八）

（11）「「御五衣、御小袿、御長袴」は御大礼の際の宮中三殿に期日奉吉の儀をはじめ年中の祭典における皇后陛下の御儀服」（「五箇條の御誓文発布百三十年記念展　明治天皇の御肖像」明治神宮、一九九八・四）であったという記録がある。

（12）'Jinrikisha Days in Japan'（1891）

（13）原武史『可視化された帝国　近代日本の行幸啓』（みすず書房、二〇〇一・七）

（14）武田佐知子『衣服で読み直す日本史　男装と王権』（朝日選書601、一九九八・六）によれば、当初「天皇と皇后をペアで新国家の理想的・開明的夫婦として国民の間に示そうとする意図が欠落」していた。

(15) 三島由紀夫「歴史的題材と演劇」(『NLTプログラム』一九六七・六)

(16) (15)に同じ

中野新治

# 文学を否定する文学者
## ――三島由紀夫小論――

一

三島由紀夫の詩作品〈イカロス〉は全集の詩篇群にも収録されず、評論「太陽と鉄」の最後に置かれているが、三島の本質を鮮明に表現したものとして注目に価する。全文を引用するには長大にすぎるので、前半と後半のそれぞれの冒頭部分から引用する。

〈イカロス〉

私はそもそも天に属するのか？
さうでなければ何故天は
かくも絶えざる青の注視を私へ投げ

私をいざない心もそらに
もつと高くもつと高く
人間的なものよりもはるか高みへ
たへず私をおびき寄せる？
均衡は厳密に考究され
飛翔は合理的に計算され
何一つ狂ほしいものはない筈なのに
何故かくも昇天の欲望は
それ自体が狂気に似てゐるのか？
私を満ち足らはせるものは何一つなく
地上のいかなる新も忽ち倦かれ
より高くより高くより不安定に
より太陽の光輝の近くにおびき寄せられ
何故その理性の光源は私を灼き
何故その理性の光源は私を滅ぼす？

（中略）

されば

そもそも私は地に属するのか？
さうでなければ何故地は
かくも急速に私の下降を促し
思考も感情もその暇を与へられず
何故かくもあの柔らかなものうい地は
鉄板の一打で私に応へたのか？
私の柔らかさを思ひ知らせるためにのみ
柔らかな大地は鉄と化したのか？
墜落は飛翔よりもはるかに自然で
あの不可解な情熱よりもはるかに自然だと
自然が私に思ひ知らせるために？
空の青は一つの仮想であり
すべてははじめから翼の蠟の
つかのまの灼熱の陶酔のために
私の属する地が仕組み
かつは天がひそかにその企図を助け
私に懲罰を下したのか？

引用部分に限っても、前後半部ともに18行でまとまっており、疑問符4または5ヶ所、題材の対照、など見事なまでにシンメトリカルである。神殿や寺院などの宗教的建造物がそうであるように、シンメトリカルへの希求は、人間や世界のありのまま＝混沌・無秩序への否定と嫌悪から成立するものであり、この抒情詩の形自体が詩の前半の内容＝現実離反・昇天への願望を無言のうちに語っていることに注目せねばならない。「私を満ち足らはせるものは何一つない」からこそ、言語により小世界を構築する詩は完璧なまでの美（形式美）を求められるのである。

かくして、〈イカロス〉は、三島が「詩とは、陸に住んで空を飛びたがっている海の動物の記録である」と言ったサンドバークや、「よだかの星」で、この世からの離脱・天上での永生を願った宮沢賢治や、「すべてのものは吾にむかひて／死ねといふ、／わが水無月《みなづき》のなどかくはうつくしき。」（「水中花」）と天を仰ぎながら、生涯を現場教師に甘んじた伊東静雄等と同じ資質を持つ者であることを明証している。野口武彦氏の言葉を借りれば、三島は「形而上的種属」の一人であり、彼等は「その未生《みしょう》以前である時期に何ものかを見て網膜を強く灼《や》かれた記憶を心の中に蔵していて、爾後《じご》、それと同程度に強烈な体験を求めて、或る形而上的彷徨《ほうこう》に出発するという宿命を負う」(1)（傍点原文）のである。〈原体験〉は誕生以前にあるのだから、この地上に彼等の〈郷愁〉を満たすものはなく、ただ自己劇化だけが可能性として残されるというのだ。

このような言説はある過剰を含んでおり、必要以上の聖化・神秘化をもたらしかねないが、三島のあの「楯の会」の設立と、類を絶する割腹による自死を思えば、野口氏の指摘に同意せざるを得ないであろう。地にあるものを無化する「絶えざる青の注視」は、天から与えられたものなのであり、その自死は強いられた「形而上的彷徨」に終止符を打つものであったと言う他はない。それは、「怒りの苦さまた青さ／四月の気層のひかりの底を／唾《つばき》し　はぎしりゆききする／おれはひとりの修羅なのだ」（「春と修羅」傍点引用者）とあるように、自己を天上から追放された「修羅」と位置づけた宮沢賢治が、その行き場のない「青い怒り」を治めるべく、成算もないまま「羅須地人協会」を設立し、死に急いだことと同質であると考えることもできる。

　ともあれ、三島の「形而上的彷徨」がこの上なく真摯なものであったことは、〈イカロス〉の後半部の存在に明らかである。

　述べて来たような反地上的心性を持つ者は、通常、〈彼方《かなた》〉へのあこがれを形象化するにとどまる。所謂ロマン派の芸術がそれであり、〈イカロス〉の前半部はその典型である。しかし、三島は続いて後半部を書き、「急速に下降を促」すものの存在を示して前半部を相対化した。ここでは、果しない「昇天の欲望」は「地」の仕組んだ「懲罰」と意味づけられ、その欲望をもたらした自己の「柔らかさ」＝地上を嫌悪する軟弱な心は、墜落によって、鉄板と化した大地でしたたかに打ちすえられるのである。

　三島は「文学とは、青年らしくない卑怯な仕業だ、という意識がいつも私の心の片隅にあった。本当の青年だったら、矛盾と不正に誠実に激昂して、殺されるか、自殺するか、すべきなのだ。」

（「空白の役割」）と、自己と「文学」の関係を述べている。父平岡梓から文学の世界に没頭することを戒められ、現実的な明朗な少年になれ、と言われつづけたという原体験によるものにせよ、また、その「本当の青年」像が過剰に観念的な、まさに「文学的」なものでありすぎるにせよ、彼が自己資質を否定的に受容し、それを超えようとする力を創作の根拠としたことは特筆に価する。

もう一度〈イカロス〉に戻り、イカロスが上昇によっても太陽のために翼を焼かれ、落下によっても鉄の大地に打ちつけられる宿命を負うことに注目しよう。疑問符の多用は、彼が自己追求によって切り開いた〈書く世界〉の困難を示している。作品は次のように終る。

私が私といふものを信ぜず
あるひは私が私といふものを信じすぎ
自分が何に属するかを性急に知りたがり
あるひはすべてを知ったと傲り
未知へ
あるいは既知へ
いづれも一点の青い表象へ
私が飛び翔たうとした罪の懲罰に？

三島にとっては、自己を信じないことが、自己を信じる唯一の根拠であった。自己が属する世界はどこにもないと知ることが、自己が属する世界を指し示していた。それこそが「青い表象」の世界、〈書く世界〉であった。それは足場のない所に建造物を組み立てることにたとえられるだろう。あるいはまた、その反自然性と意識の過剰による言葉の扼殺の世界と見なせるかもしれない。「すべてを知」っている作者は次のようにも述べている。

「文」の原理とは、死は抑圧されつつ私かに動力として利用され、力はひたすら虚妄の構築に捧げられ、生はつねに保留され、ストックされ、死と適度にまぜ合はされ、防腐剤を施され、不気味な永生を保つ芸術作品の制作に費やされることであつた。むしろかう言つたらよかろう。「武」とは花と散ることであり、「文」とは不朽の花を育てることだ、と。そして不朽の花とはすなわち造花である。

（「太陽と鉄」）

この、三島文学が造花であり、自然の美を宿していない、というみずから下した定義は今もよく流布している。しかしこれは、言語への素朴な信頼に基づく、いわば藁葺き小屋のような日本文学作品（特に私小説）に対する軽蔑の表明ではないのか。言葉は内心の自然が生み出す咲いては儚く散る野の花のようであってはならず、防腐剤を施された建築材であり、現実にはどこにもない美の仮構物を造り上げるための手段なのだ。「生はつねに保留され、ストックされ、死と適度にまぜあわされ」という表現には、三島にとって〈書く世界〉が現実の業苦からの解放区ではなく、身体を削り取られるような息づまる緊迫をもたらす場所であったことを示している。

このように考えて来れば、三島の〈青い表象の森〉が〈造花の森〉であることはむしろ作家としての栄誉であるとさえ言うことができる。問題はそこにはない。問題があるとすれば、三島のように自己を追いつめていけば、書く題材を自己以外の物に求めざるを得なくなる、という点にある。この作品がなぜ〈イカロス〉と名づけられ、周知のギリシア神話の主人公が呼び出されたのか。それは見て来たような〈太陽と鉄〉に存在をおびやかされる三島の困難極まりない書く世界に、辛うじて与えられたいわば一本の命綱だからである。

鮮烈な「理性の光源」が自己に向い、自己を灼きつくそうとする時、たぐりよせられた周知の神話や古典や歴史的事象や現代の事件は、その部厚い伝承性や大衆性によって光源をさえぎり作者を救済する。それだけではなく、その光によってそれらに新しい相貌を与えることは作者に深い解放感さえもたらしたにちがいない。こうして、同時代のスキャンダラスな事件に取材した「青の時代」「金閣寺」「絹と明察」などが生まれ、古典に取材した「卒塔婆小町」「近代能楽集」「椿説弓張月」などが生まれ、歴史的事象に取材した「サド侯爵夫人」「わが友ヒットラー」「鹿鳴館」などが生まれた。

〈イカロス〉が、ギリシア神話の素朴な若者とは無縁の、その名を借りた自己告白であるように、三島は、周知の事象という甲冑を着ることで、自己意識の閃光をさえぎり、〈不朽の花〉を造ることに徹することができた。あの「仮面の告白」の主人公さえも、いわば「スキャンダラスな平岡公威」として、全くの他者として作者に選ばれたに違いないのである。中村光夫は「金閣寺」を評して、作者がここで試みた「偽物の告白」あるいは「自我の社会化」は成功し、「日本の小説の方法上のひとつのすぐれた達成」を見たと述べているが[2]、それは、このような文学を否定する文学者によって初めて可能だったのである。

## 二

このように見て来れば、三島が金閣寺を焼失させた林養賢に深く興味を抱き、昭和25年7月の事件から六年後に小説「金閣寺」を書き上げたことが極めて自然なことであったことが理解できるであろう。僧侶林養賢は、金閣寺を焼くことで仏法を否定した仏法者であったからである。

しかし、これはもちろん三島がそう判断したと言うことであり、林養賢がそのような観念的な動機を持っていたことを意味しない。周知のように、水上勉は「金閣炎上」(昭54)を二十年以上の取材によって上梓したが、主人公と同じく北陸の厳しい自然と貧困の中で育ち、京都の寺に入れられ、しかも放火する六年前に本人と実際に出会っていた水上は[3]、犯罪の動機を具体的に地を這うように調査している。

水上の調査から浮かび上ってくるのは、林の金閣寺での修業生活の内的な崩壊とでも言うべき状況である。それを箇条書きにして見れば、およそ次のようになろう。

1、禅寺や大谷大学での修業、勉学に次第に興味を失っていったこと。大谷大学予科での席次は、一年24／83、二年35／77、三年79／79と最下位にまで落ちた。

2、1、の理由として、(ア)金閣寺が観光名所や有名人の集うサロンと化し、仏法の教えと現実の落差に失望したこと。(イ)師村上慈海が膨大な収入がありながらも吝嗇であったり、仏法を説きながら酒色にふけったりすることへの不信がつのったこと。(ウ)、師との関係がうまく行かず、将来への出世の希望を失ったこと。(エ)、父の死後、寺を守っていた母が檀家によって排除され、跡をつぐことも叶わなくなったこと。(オ)、性欲に駆られて遊郭通いが続き、金のため書物を買りとばすような状況になったこと。(オ)父と同じ肺結核の兆候が現われて、将来への不安が昂じたこと。(実際、林は獄中で肺結核のため死亡した)

このように挙げていけばきりもないが、水上がていねいに跡づけている、母志満子《しまこ》との微妙な関係も大きな要因になっているであろう。志満子は夫の死後、息子の出世のみを生きがいとして彼につきまとった。母は吾が子を威圧する存在として、ほとんど金閣そのもののような愛憎の感情を与えたにちがいない。林養賢にとって、金閣寺を焼くことは母の威圧から逃れることであったかもしれないのである。事件発生後三日目、西陣警察署に面会に行きながら息子に拒絶された志満子は、帰村する途中、山陰線保津峡駅を過ぎた地点で汽車から投身し、死亡した。

「金閣寺」にも母は登場し、「私」に現実的な栄達を迫る。しかし、「金閣炎上」が母と息子がひっそりと並んで葬られている墓場の発見で終るような、濃密な描写はない。水上は明らかに、この薄幸な二人に対する熱い思いを執筆の動機にしてゐる。文体は事実を具体的に描写して平易であり、読了した者は作者の作品に込めた思いを十分に受容できるにちがいない。

しかし、言うまでもなく三島の「金閣寺」はその対極に位置する。三島には生い立ち一つとってみても、水上のような主人公との接点はどこにもない。ただ、自己と世界との関係を、書くことで再確認するにふさわしい対象として〈仏法を否定した仏法者〉が選ばれたのである。文体は二本の鉄を溶接する炎のように白熱し、作者が読者を選ぶとも言うべき難解さを伴っている。

たとえば「私」の吃音（どもり）は次のように意味づけられる。

　吃りが、最初の音《おん》を発するために焦《あせ》りにあせつてゐるあいだ、彼は内界の濃密な黐《もち》から身を引き離そうとじたばたしてゐる小鳥にも似てゐる。やつと身を引き離したときには、もう遅い。なるほど外界の現実は、私がじたばたしてゐるあいだ、手を休めて待つていてくれるように思はれる場合もある。しかし待つていてくれる現実はもう新鮮な現実ではない。手が手間をかけてやつと外界に達してみても、いつもそこには、瞬間に変色し、ずれてしまつた、……さうしてそれだけが私にふさわしく思われる、鮮度の落ちた現実、半ば腐臭を放つ現実が、横たわつてゐるばかりであつた。

みずから「今日まで、詩はおろか、手記のようなものさえ書いたことがない」「人に理解されないということが唯一《ゆいいつ》の矜《ほこ》りになつてゐたから、ものごとを理解させやうとする、表現の衝動に見舞れなかつた」という人物が、吃音者を窮に身を取られた小鳥にたとえる詩的表現をわがものにしているのである。矛盾という他はないが、これは、作者が主人公を観念のレベルで自己と同位にまで引き上げるためにどうしても果さなければならない作業であった。「太陽と鉄」で、三島は自己と言語と現実の関係を次のように述べている。

つらつら自分の幼時を思ひめぐらすと、私にとつては、言葉の記憶は肉体の記憶よりもはるかに遠くまで遡る。世のつねの人にとつては、肉体が先に訪れ、それから言葉が訪れるであろうに、私にとつては、まづ言葉が訪れて、ずつとあとから、甚だ気の進まぬ様子で、そのときすでに観念的な姿をしてゐたところの肉体が訪れたが、その肉体は云ふまでもなく、すでに言葉に蝕まれてゐた。

まず白木の柱があり、それから白蟻が来てこれを蝕む。しかるに私の場合は、まず白蟻がをり、やがて半ば蝕まれた白木の柱が徐々に姿を現はしたのであつた。

「吃音」を除けば、「金閣寺」の主人公と全くの同内容を違った材料で語ったものである。それは、すでに見た〈文学を否定する文学者〉という、自己の位置の再確認である。言葉が白蟻のように自己を蝕むという固定観念は、かくも三島には強烈なのである。しかし、現実の世界が表象の世界より遅れてやって来るということが、それほど特別で悲痛なことであろうか。

近代以前、少くとも支配階級の子弟の教育は「論語」の素読に代表されるように古典の暗唱から始ったのであり、言葉は現実と無関係にそれに先だって与えられるものであった。例えば明治維新の六年前に生れた森鷗外は、自己の幼年時代について次のように語っている。


名を聞いて物を知らぬと云ふことが随分ある。人ばかりではない。すべての物にある。

私は子供の時から本が好きだと云はれた。少年の読む雑誌もなければ、巌谷小波君のお伽話もない時代に生れたので、お祖母さまがおよめ入の時に持つて来られたと云ふ百人一首やら、お祖父さまが義太夫を語られた時の記念に残つている浄瑠璃本やら、謡曲の筋書をした絵本やら、そんなものを有るに任せて見てゐて、凧と云ふものを掲げない、独楽と云ふものを廻さない。隣家の子供との間に何等の心的接触も成り立たない。それでいよ〳〵本に読み耽つて、器に塵の附くやうに、いろ〳〵の物の名が残る。そんな風で名を知つて物を知らぬ片羽になつた。

(「サフラン」大3)


五歳の時から古典的教育を受け、優等生として四書正文と、四書集註を賞として貰ったといわれる鷗外に、「物」(現実)の始まる前に「名」(理念)が圧倒的な質量で与えられたことに少しの不思議もない。学舎だけではなく家庭でもそうであった事を鷗外は嘆いてみせ、「名を知つて物を知らぬ片羽になつた」と言っているが、これを額面通りに受け取ることはできないだろう。

このような過程で成長して来た者は、現実に触れて覚醒する感覚や思考が必ず自己の内部に蓄えられた理念による点検を受けることになる。従って、両者の間にいわば精神の往復運動が起き、それは自己と世界との関係に強い緊張感を生み出し、安易に現実に流されない主体を形成するにちがいない。鷗外が「文明開化」の流れの先頭に立ちながらも、〈洋行帰りの保守主義者〉として現実と客観的に向き合い、むしろ時代に抗する働きを続けたことは改めて言うまでもない。その反自然主義も、大逆事件の際の反政府的なふるまいも、乃木大将殉死に端を発する歴史小説の執筆もこの結果である。彼にとって理念が現実に先行したことは決して悲劇などではなかったのである。

鷗外崇拝者であった三島がこのことを理解していなかったはずはない。実際、彼は戦後日本の、手のひらを返したようなヒューマニズム讃美や、天皇の人間宣言に代表される絶対性の崩壊と生の基軸の喪失に、嫌悪と否定を投げつづけた。それは彼の明晰な知性の所産であり、それが膨大な言葉＝表象をわがものとしないかぎり決して獲得できないものであることは言をまたないのである。

しかし、にもかかわらず三島はそういう自己を否定してみせ、「金閣寺」において現実から幾重にも疎外された主人公を設定し、そこから脱して現実そのものの中に自己を投げ出そうとする最後の場面を書いたのである。「ポケットをさぐると、小刀と手巾《ハンカチ》に包んだカルモチンの瓶とが出て来た。それを谷底めがけて投げ捨てた。別のポケットの煙草が手に触れた。私は煙草を喫《の》んだ。一ト仕事を終えて一服している人がよくさう思うように、生きようと私は思つた」という結びはつとに名高い。

しかし、これは奇妙な一文ではないだろうか。「私」のやった事は決して「一ト仕事」で済まされるようなものではない、極めて深刻なものであるからだ。とすれば、核心は別のところに見出されねばならない。すなわち、主人公にとって「現実」とは、野外で肉体労働をし、休息時に一服するような世界であった、ということである。そのような単純明快さにこそ「生」があり、それ以外はまがいものの生でしかなかったということである。しかし、これは、「私」の告白の内容の複雑さ、濃密さに比べて余りにあっけない結末ではないのか。

田中美代子氏は「金閣寺」を「暗黒の教養小説」と名づけ、その理由を次のように述べている。(4)


ここに登場するヒーローは、脱俗し、聖なる世界に身を捧げ、衆生を済度せねばならぬ僧侶であり、求道者でありながら、ただ「美」に執着し、不穏な反逆の心を抱いて彷徨し、ついに犯罪者として身を滅ぼす。かつての教養小説が、真理や善の探究に向って出発する青年を主人公とし、彼が自我に目覚め、環境に対する矛盾や異和に苦しみ、友情や恋を知り、師に出会い、迷い、躓きながらもさまざまな人生経験を重ねて人間的に成長してゆき、世界における自己の使命を発見し、自由で人間的な共同体に挺身するといったパターンをとっていたとするなら、「金閣寺」はそのパターンを忠実に裏側からなぞった暗黒の教養小説とも呼ばれるべきものではないだろうか。

言説が少なからず図式的に過ぎるにせよ、三島が意図しようとしたことが「暗黒の教養小説」という表現によく示されている。社会の公序良俗の一員になることを拒否するアンチ・ヒーローは、そのリアリティに満ちた「悪」によって「公序良俗」の空虚さを告発するのであり、三島の親しんだマルキ・ド・サドやジャン・ジュネの作品はその典型である。

しかし、「私」は、柏木に導かれて次第に悪の世界に足を踏み入れ、国宝金閣を焼くに至るにせよ、果して真のアンチ・ヒーローになれたのであろうか。作品のあの結末は、「暗黒の教養小説」にふさわしいであろうか。

## 三

「私」が悪の世界の住人になるための大きな契機となったのは、アメリカ兵に強要されて女の腹を踏みつけた事件である。金閣を背景にしてアメリカ兵の女を踏みつけた時、「私」は「私の中に貫いて来た隠微な稲妻のやうなもの」を感じ、それは次第に大きくなっていく。

ふしぎなことである。あの当座には少しも罪を思わせなかった行為、女を踏んだというあの行為が、記憶の中で、だんだんと輝きだしたのである。それは女が流産したという結果を知ったからだけではない。あの行為は砂金のように私の記憶に沈殿《ちんでん》し、いつまでも目を射る煌《きら》めきを放ちだした。悪の煌《きらめ》き。そうだ。たとえ些細《ささい》な悪にもせよ、悪を犯したという明瞭な意識は、いつのまにか私に備つた。勲章のやうに、それは私の胸の内側にかかつた。

良くない噂を伝え聞き、心配してくれる鶴川に「やっていない」と嘘をついた「私」は、ここで鶴川に代表される善良な社会との絆をみずから絶ったことになる。「悪の煌めき」を伴った行為の魅力は、自分を威圧する金閣を焼くという決意を導き出す。しかもそれは、「人間の作った美の総量の目方を確実に減らす」という理論を伴ったものであった。

『金閣を焼けば』と独言した。『その教育的効果はいちじるしいものがあるだろう。そのおかげで人は、類推による不滅が何の意味ももたないことを学ぶからだ。ただ単に持続してきた、五百五十年のあいだ鏡湖池畔に立ちつづけていたということが、何の保証にもならぬことを学ぶからだ。われわれの生存がその上に乗つかつている自明の前提が、明日にも崩れるという不安を学ぶからだ。』（傍点引用者）

犯罪が、多かれ少なかれ、自己を受容しない社会に対する反抗や復讐の側面を持つものであるにせよ、社会に対する「教育的効果」のために焼く、という論理には相当の無理があるだろう。「類推による不滅」も「われわれの生存がその上に乗つかつている自明の前提」も、わかり易い表現ではない。これらの表現は、すでに述べたような作者三島の、表象の世界に対する姿勢を前提にして始めて成り立つものであるところに問題があるのだ。すなわち、三島は確かにここで中村光夫のいう「偽の告白」をしているのだが、それが余りにも三島にとっての「真実の告白」でありすぎることが問題なのである。

「類推による不滅」とは、美的価値がいったん定まれば、誰もそれに異義をはさむ者はなく、自明的に価値が固定されてしまうことであろう。古今東西の著名な芸術品は、実際にその度ごとに定められた価値ではなく、「皆がそういうのだから価値があるにちがいない」という類推によって評価され、それによって鑑賞者にいわば服従を強いるのである。

この視点から言えば、われわれが生の基盤としているあらゆる「価値」は、本当は「自明の前提」――証明を必要としない存在の根拠、としてあるのであり、もしそれを突き崩す者がいれば、人々は大きな不安と混乱に陥るにちがいない。

「私」はこのような論理で、社会を「教育」しようというのであるが、それが、何よりも三島が自分自身に行った「教育」であったことは、もう繰り返すまでもないであろう。彼はこのように自己を教育し、表象の森からの脱出を図ったのだ。そして、文学の世界に揺さぶりをかけたのだ。これは犯罪者の悪の論理ではない。むしろ、明晰すぎる程の知性を持った者の啓蒙の論理である。

こうして、三島は全身全霊を挙げて「文学者として文学を否定する根拠」を「仏法者」の口を通し変奏して語った。それによって抜け出た場所で、「生きること」つまり、生々しい現実の只中に身を置こうとした。しかし、「現実」は始まらなかった。その割腹死がみずから証明しているように、どこまで行っても表象の森は三島を追いかけつづけたのである。

注

（1）野口武彦『三島由紀夫の世界』昭43・11　講談社
（2）中村光夫「『金閣寺』について」昭35・8　新潮文庫解説
（3）昭和19年8月、25歳で京都府舞鶴市外の小学校（高野分教場）の教員をしていた水上勉は、中学生であった林養賢と偶然会い、言葉を交している。（『金閣炎上』参照）
（4）田中美代子「作品鑑賞」『鑑賞日本現代文学23三島由紀夫』昭55・11　角川書店

北川　透

# 近代の終焉を演じるファルス
## ――三島由紀夫『天人五衰』（『豊饒の海』第四巻）を読む――

### 一　神話と歴史

『豊饒の海』が『浜松中納言物語』を典拠とする、夢と転生の物語であることは、作者自身が第一巻『春の雪』の短い後註で語っている。確かにこの物語の主人公は、巻を追う毎に、仏教的な世界観である輪廻転生を繰返していく。第一巻『春の雪』の松枝清顕は、天皇制という禁忌を侵犯する絶対不可能な恋愛の行為者になること――それが〈優雅〉とよばれる――に殉じて二十歳で死ぬ。そして、第二巻『奔馬』の主人公飯沼勲は、清顕の生まれ変わりだとされるが、明治の〈神風連〉に傾倒し、昭和の国家主義運動の一翼を担おうとする行動者である。彼もまた、清顕とは違うが、心情的ラジカリズムの〈純粋〉な情熱に身を焼き、〈武＝テロ〉に挺身して二十歳で切腹する。第三巻で主人公になるのは、清顕、勲の次なる転生だとされるタイの王室の娘、〈聖性〉を約束されたジン・ジャン（月光姫）である。このあたりから、輪廻転生という物語を貫く骨格がぐらぐら揺らぎだすが、ともかく彼女も二十歳の春にコブラに嚙まれて死んだことになっている。

最初に触れた、この物語の骨格をなしている輪廻転生の世界観は、第四巻の『天人五衰』では破綻させられる。前巻で死んだジン・ジャンの復活と看做される主人公透が、転生者としては偽物であることが、次第に明らかになっていくことで、物語は内部から食い破られるからだ。これは転生という、神話的に構えた枠組み自体が、物語を成り立たせる口実であり、フィクションに過ぎないことを示している。別に言い換えれば、そのような批評性を内在させない限り、物語は現代小説たりえなかった。しかし、従来、この輪廻転生は、戦後文学の歴史主義に対する、三島の反歴史観、神話的様式として語られて来たところだろう。たとえば、それを代表する論者、佐伯彰一の『評伝三島由紀夫』は、日本の近代文学における反神話や神話の無視は、幅広く、根深い文化現象であり、三島のそれへの反撥と反抗は、単に戦後イドラの一時的なファッションに対する嫌悪に止まらず、日本近代文学の大前提に対する挑戦である、という見方を示している。こうして三島の最後の渾身の力業が、《神話の相の下に、近代史を見直し、とらえ直すという大作業であり、『豊饒の海』四部作である》（第三部「六・三島由紀夫における神話」）ということになる。

しかし、『豊饒の海』の時間は、日露戦争を追憶する明治末期の時代から始まり、昭和七年から太平洋戦争の時代を経て、作者の死後の四年間を含んだ昭和四十九（一九七四）年までである。言うまでもなく戦後の時間を深く孕んでいる。輪廻転生の証人（証言者）でもあり、視点人物でもある本多繁邦は、『春の雪』では松枝清顕の学友の十八歳の青年として作中に登場するが、最終巻では、八十一歳の老人として物語のカタストロフィに立ち会う。そこに歴史的、年代的な時間が流れていることは疑えない。佐伯彰一はそれを作者が仕掛けた罠であり、トリックだ、という。むしろ、作者の意図は、時間から抜け出し、時間を超えることに、つまり、《日本の近代史における歴史的時間丸ごとの神話的な時間への変質、化体》が狙われたのだという。しかし、これは考え方が逆ではないだろうか。わたしは作者が設定した神話的な、あからさまに言えば時代錯誤的な輪廻転生などという理念自体が、どんなに唯識論哲学で補強されようと、作品が時代の動きを映して、ダイナミックに転換し、展開する仕掛けに過ぎず、トリックとしての意味しか持たないし、何よりも作者自身がそのことに自覚的だったのではないか、と思う。

自覚的という意味は、三島の美意識の核心にとぐろを巻いている夭折への憧憬、死や滅びへの恐怖と希求が、それに相応しいというか、都合のいい理屈を、仏教的な世界観の内に見つけたということだ。その仕掛けを使うことで、日本の近代史の不条理な暗部が、予定調和的な歴史主義によってではなく、血が噴き出すような内面的な断面、激越な思想と行動のドラマにおいて、描き出されることになる。それが松枝清顕の王朝風の〈たわやめぶり〉を模した、禁忌に浸透された恋愛への投身であり、昭和維新に盲進する心情的な革命主義の体現者飯沼勲の〈ますらおぶり〉であり、また、何処までも汚れて失墜していく〈聖性〉を体現する、ジン・ジャンの卑猥で嘘っぽい夭折もどきである。彼女はコブラに嚙まれて死ぬが、その日時さえ確定できないことが、すでに転生の綻びを示している。当然、これらの登場人物の歴史的な内面を、輪廻転生のトリックを借りて描こうとすれば、それからの要請として、三人の主人公は二十歳で夭折する運命を避けられない。そうでなければ四人目の夭折できない《精巧な偽物》も含めて、明治末期から現代までの六十年を超える時代を、一人の証人、認識者としての本多の眼を通して語り通すことが出来ないからである。

最終巻まで読み通せば、『豊饒の海』四部作は、見かけの脇役、本多繁邦の内面のドラマが、それぞれの主人公に仮託され、その歴史的、自立的な形象を通して描かれたものではないか、という疑いを、おそらく誰もが引き出されずにはいない。『春の雪』では、あくまで視点人物として脇役に過ぎなかった本多が、巻を追うごとに重要な役割を担い始めるからだ。むろん、行動者としての資質の不能はこの人物の本質である。ということは、作品の進展と共に、〈見る人〉、認識者の存在する意味が増大するということだろう。第三巻になれば、ジン・ジャンの主人公としての仮装性を食い破り、覗き見のアラベスクを仮設する、〈見る人〉の役割が、すでに主人公の位置にせり上がっている。こうして時代は敗戦を跨いで戦後となる。そのダイナミックな歴史的転換の舞台において、そもそも輪廻転生などという理念は、仕掛けとしてさえ、もはやリアリティを持たない。小説が現代という批評的時間に耐えようとすれば、その輪廻転生が内部崩壊するファルスを描く他ないはずだ。つまり、神話の枠組みの中に、第三巻までのジン・ジャンの物語は辛うじて存在しえたとしても、それ以後の生を強いられることになる第四巻の主人公は、この枠組みを食い破ることでしか、自らの役割を演じることができなくなった、ということではないか。

作者が物語の対象としたのは、先にも触れたが、自らが東京市ヶ谷の陸上自衛隊東部方面総監部で命を絶つ、それより四年後の戦後の二九年間（昭和四九年）までを含んだ、日本の近代史の断面である。その時空間を純粋な行為として生きた若者たち、最後の四人目の登場人物まで含んで、彼らを描くためには、本多繁邦という一人の語り手が必要だったし、彼は神話的なトリックを骨格とする、作品の内的要請として、八十年を超えて生きなければならなかった。それは四五歳で自刃した作者よりも三五年分多いことになる。むろん、その時間は未来ではなく、大正・明治へと過去に伸びている。そして、作者の末期の眼と重なる、一九七〇年に、本多が老残の果てに見るものは何だったのか。この最後の問いの彼方に、おそらく『天人五衰』の主題は沈んでいる。

## 二　一つの船が全景を変える

『豊饒の海』四部作においては、これまで縷々と述べてきたように、輪廻転生を生きる行動者が主役となるべく構想されている。しかし、それが内部的に次第に破綻させられていく時、誰が物語の中心軸、主役の位置を担うことになるのか。視点人物であり、〈見る人〉である本多繁邦に担えるのか。それを問いながら、取りあえず、これまで本多が物語の中で占めていた位置を一瞥しておこう。

明治が終わり、大正の幕開けとなる舞台が、『春の雪』には用意されている。本多繁邦は清顕と共に十八歳の青年として登場する。東大で法律学を専攻する本多は、悲劇の主人公清顕の《感情の戦争》の共犯者であり、証言者であり、介添人である。この巻では、清顕あっての本多であり、脇役の座から出ることはない。

『奔馬』の時代は、昭和七年、本多繁邦は三十八歳になっている。本多は三年前に大阪地方裁判所の判事に任官し、二年前に大阪控訴院へ転出、左陪席になっている。すでに彼は青年ではない。認識者としてのみずからの力と、法と秩序の擁護者である判事の立場を使い、清顕の転生者である飯沼勲に影響を与え、彼を救出しようとする。主人公と拮抗する位置にはいないが、単純な脇役ではない。

『暁の寺』の本多は、旅行中のバンコクでジン・ジャンと不思議な出逢いをした後、日本に帰る。その彼を真珠湾攻撃によるアメリカとの戦争のニュースが襲う。本多は四十七歳。もはや若さも力も無垢な情熱も残っていないことを自覚している。戦争で死ぬこともない。行動者として非力な彼は、戦時中の余暇を専ら輪廻転生と唯識論哲学の研究に充てるのである。しかし、それは借り物めいて、物語の強力な推進力になっていない。

最終巻『天人五衰』の本多は、それからまた三十年を経て、もはや七十六歳。妻の梨枝を病気で失ってから、ヨーロッパ旅行を共にした久松慶子を遊び友だちにしているが、男やもめである。作者は『春の雪』以来、一貫して、本多に観察者、証人、認識者などの性格を与え、非行動者の位置に置いて来た。副主人公という本多の役柄は、行動者との対の関係を持ってこそ、その役割を果たすことができた。清顕の生まれ変わりを証す、転生者の徴は三つの黒子だが、生れながら身体に焼き付いている黒子が暗示するものは、自分を滅ぼしても、歴史を組み替えるような行動を、実現不可能なまでに純化するラジカリズムの体現者を意味する。そのような宿命に殉ずる者であれば、本当は黒子などという目印はなくてもいいわけである。しかし、物語の時間の中では、その標識がなければ、本多は誰が清顕の転生者であるか、見分けがつかない。〈見る人〉としての本多の本質は、黒子という、ある意味ではマンガチックな仕掛けによって、保証されているから、黒子探しがいつファルスになってもおかしくないはずだ。そして、七十六歳の老いた認識者本多が、最後に成すことは、唯一、おのれのパートナーとなるべき、三つの黒子の刻印者を見つけ出すこと以外ではない。それが物語の枠組み、仕掛けからの絶対的要請だからである。そこに〈豊饒の海〉が〈沙漠の海〉に転換する鍵も隠されている。

さて、『天人五衰』の冒頭は、伊豆半島の山々の稜線を望む位置にある、五月の海の詳細な観察、描写から始まっている。それにしても、いったい、この海の風景を見ている者は誰なんだろう。視点人物である本多繁邦か。しかし、本多は第〈二〉章の冒頭まで登場しない。では、主人公となる筈の安永透か。透は確かにこの第〈一〉章の終りに登場し、望遠鏡から眼を離すから、それまでこの風景を見ていたと言えなくはない。それにしては、この中性的な文体は全篇を通した語りのそれであり、十六歳の透のものではない。むろん、作者三島が物語の中に闖入してくることはありえない。とすれば、作者が仮構した語り手であろう。この語り手の特徴は、いったん、語り出したら、作者を置いてきぼりにして、作品の宿命を生きる見えない水先案内人というところにある。そうでなければ、海の風景の描写が、次第に次のようなアフォリズム風の記述に転換することもないだろう。

一つの船が全景を変える。

船の出現！　それがすべてを組み変えるのだ。存在の全組成が亀裂を生じて、一艘の船を水平線から迎え入れる。そのとき譲渡が行われる。船があらわれる一瞬前の全世界は廃棄される。船にしてみれば、その不在を保証していた全世界を廃棄させるためにそこに現れるのだ。（一）

一つの船の出現が、全景を変える、という。これに続く数行後でも、《生起とは、とめどない再構成、再組織の合図なのだ》ということばがある。船の出現とは、それまでそこに風景を構成する一要素として存在していなかった、新しい何かが出現するということ、何かが始まるということのメタファーだろう。そのような船が出現すると、一瞬前の全世界は破棄される。しかし、破棄された世界のかわりに譲渡される新しい世界があるとして、それはどんな世界か。『豊饒の海』のこれまでの転生者たちは、その船だった。少なくとも、その船の役割を託されていた。彼らは新しい世界をもたらさなかったとしても、再構成、再組織（あるいはその不可能）の合図ではあった。《船があらわれることは、その存在の鐘を打ち鳴らすこと》だ。しかし、第〈一〉章の終りに登場する本巻の主人公安永透は十六歳の少年だ。彼は静岡の清水港に入ってくる外航船の国籍や種類を、望遠鏡で見わけて、信号を送り、海難事故防止などの航路案内を務める信号所の信号員であり、倍率十五倍の望遠鏡で〈船〉を〈見る人〉なのである。

しかも、この美しい少年は、これまでの転生者と違い、情熱的な行動のパトスを所有しない。愛も涙もない冷たい心の持ち主であるが、しかし、《天賦の目》によって、《眺めることの幸福》だけは知っていた。それはどういうことか。

見ることは存在を乗り超え、鳥のように、見ることが翼になって、誰も見たことのない領域へまで透を連れてゆく筈だ。そこでは美でさえも、引きずり朽《くた》され使い古された裳裾《もすそ》のように、ぼろぼろになってしまう筈だ。永久に船の出現しない海、決して存在に犯されぬ海というものがある筈だ。見て見て見抜く明晰さの極限に、何も現れないことの確実な領域、そこに又確実に濃藍で、物象も認識もともどもに酢酸《さくさん》に涵《ひた》された酸化鉛のように溶解して、もはや見ることが認識の足枷《あしかせ》を脱して、それ自体で透明になる領域がきっとある筈だ。

そこまで目を放つことこそ、透の幸福の根拠だった。透にとっては、見ること以上の自己放棄はなかった。

(二)

透の幸福の根拠とは、徹底的に〈見る人〉になることなのである。《永久に船の出現しない海》とは、虚無の海だろう。もはや何の行動も意味を持たない、認識も物象も溶解した濃藍の領域、自己放棄が最高の行動の様式になるまで、〈見る人〉の立場を貫くことに、透の存在の意味は賭けられている。では、透は認識者本多とどこが違うのだろう。

## 三　悪意、それ自体が意識を持った水素爆弾

むろん、本多繁邦も単なる〈見る人〉ではない。彼は自らの認識の根拠、近代的自意識が悪であることを知り抜いていた。《この自意識は決して愛することを知らず、自ら手を下さずに大ぜいの人を殺し、すばらしい悼辞を書くことで他人の死をたのしみ、世界を滅亡へみちびきながら、自分だけは生き延びよう》とする。本多もまた生涯通して、この自己放棄という自意識の悪を愛したのである。本多の邪悪は老年にまで及び、世界を虚無と終末に移し変えるために行動する、つまり、清顕や勲の意志を継ぐ転生者を探そうとする。そもそも本多にその役割を与えなければ、物語は成立しない。どんなに邪悪な終末意識を纏っていようとも、彼の自意識が、この世にこそ属していなければならなかった理由はそこにある。

ここで、彼が大正・昭和の時間を生き延びるための職業が、法学を専攻する法秩序の番人であり、裁判官であることだけを言うのではない。《恋の情熱》であったり、《忠義の情熱》であったりと、現われ方は全く違うけれども、過激な行動者としての共通性を持つ、松枝清顕や飯沼勲の観察者、証言者、介添人であるためには、徹底的に現世に足場を置かなければ、その役柄は担えないはずである。本多の自意識の悪は共犯者のパトスを隠しているから、確かに彼らの心情的ラジカリズムと

至近の親しい距離で共振することを可能にする。しかし、同時に、彼らの破滅的行為に一元化（同調）しえない、認識の冷たさを手放すこともなかった。いつも観照者でいるためには、安全装置としての法的良識に従い、常識人の顔をしている現世の立ち位置を崩せない。本多のこのラジカルな深層と保守的表層に分裂する性格こそが、言うまでもなく、近代固有の自意識の在り方を語っている。

そうであれば、〈見る人〉、という共通の属性を持っている、透と本多の決定的な差異もまた、明らかだろう。まず、上層階級の良家出身のエリート本多が想像すらできない、透の過去の生い立ちが関わってくる。透は父母を早く失い、貧しい伯父の家に引き取られた孤児という設定である。中学卒の最終学歴、県の補導訓練所に通い三級無線通信士の資格を得て、帝国信号に就職。こうした貧しい生育の環境が、生れながらの《硬い厚い侮蔑の樹皮》を養った、という。その結果は、《この十六歳の少年は、自分がまるごとこの世には属していないこと》《どんな悪をも犯すことのできる自分の無垢》を確信させるに至る。彼にとっては、この世に存在しないのだから、自分を規制するいかなる法律も規則もない。では、本多と対極的な法・制度の内側からまるごとはみ出ても、透がなお生きていられるのはなぜか。それは、《この世の法律に縛られているふりをしている》からだ。もし、無意識のあの濃藍の動機に動かされて何か言ったら、世界は崩壊する。法の下での人間の仮装によって、隠されている存在は、《それ自体が意識を持った水素爆弾》であり、《人間ではない》奇怪な何かなのだ。このような世界に対する無差別な殺意（水素爆弾の例え）を孕んだ極端な悪意の形象は、これまでの三巻の主人公にはなかったものだ。天皇制の禁忌を侵犯する清顕の行為は悪ではなく〈優雅〉だった。昭和維新の挫折の果てに勲が遂行するテロは、現世的秩序の拒否を内包する〈純粋〉だった。ジン・ジャンが体現するものは、腐敗や頽落が極まると共に露出する〈聖なるもの〉であった。世間の尺度に従えば、それらは悪として現象していても、物語は悪として描いていない。

勲の美しい顔の仮面の下に隠されている、この殺伐とした悪意は、それと対をなす影の人物を従えている。それが透の仕事場である管理事務所に遊びに来る、やはり、この世の圏外でしか呼吸のできない狂女絹江である。この絹江の醜さはありきたりではない。それは比較を絶した《万人の見て感じる醜さ》であり、《完全な醜さ》なのである。むろん、そんな醜さがあるかどうかではない。物語が絹江に付与している性質であり、この性質故に、彼女は《たえず自分の美しさを嘆いて》いるほかない、とされる。完全な醜女である絹江は、自分が絶世の美女である、という妄想の堅固な壁を拵える。その中にいる限り、遠慮のない他者の意地悪な視線やことばに傷つくことはないからだ。彼女は透に、《私って不幸だわ。死んでしまいたい。女にとって、美しく生れすぎた不幸というこ と、男の人には決してわかってもらえないと思うんだわ。美しいということが本当に尊敬してもらえず、私を見る男が必ず卑しい気持ちを起すんだもの。男って獣ね。美しくなかったら、私、もっともっと男性を尊敬していられたと思う。……中略……女の美しさが、男の一番醜い欲望とじかにつながっている、ということほど、女にとって侮辱はないわ。もう、私、町へ遊びにゆくの、いやになった。》と語りかける。美しくありたい、男の関心を引きたい、男の卑しい情欲の対象でありたい、という絹江の隠された欲望がすべて裏返される。《誰もその秘密を知らぬ美容整形の自己手術を施し、魂を裏返しにさえすれば、かくも醜い灰色の牡蠣殻《かきがら》の内側から、燦然たる真珠母》が現れるのだった。

しかし、この《世界を裏返してしまった》革命は、外部に働きかける何の行為も必要としなかった。堅固な主観性の檻の中に閉じこもり、自分がひっくり返ったら世界が裏返って見えただけだからだ。透は絹江のナルシスの鏡だった。彼女が欲するままに、美人として扱い、近在の人がしたように、決して笑い物になどしなかった。それればかりか、自分よりも五つ年上の醜女に対して、《同じ異類の同胞愛のようなものを感じ》、唯一友人（あるいは絶対に触れることのない恋人）のように接していたのである。〈見る人〉と、何も見ない人の違いはあっても、《まるごとこの世には属していない》という根底の共通性が、二人を強いシンパシーで結びつける。世界を頑固に認めない《心の硬度》が、一方は妄想（狂気）によって、他方は自意識によって保証されていたからだ。清顕や勲が盲目の情熱に突き動かされて、この世の外にまで突き抜けた行動が、不可能になった（？・）戦後の象徴としての意味を付与される透と絹江。彼らは生い立ちの貧窮と生れながらの醜さとで、この世の外に置かれた、悪意という硬いメダルの裏表である他なかったのである。

## 四　詩も至福も許さない教育、その背理

本多と久松慶子は先にも述べたように、老後の遊び友だちであった。彼らが観光旅行で連れ立って訪れた三保の松原。その帰途についでに立ち寄った清水港の帝国信号所で、本多は初めて透に出会う。

本多と少年の目が会った。そのとき本多は少年の裡に、自分と全く同じ機構の歯車が、同じ冷ややかな微動を以て、正確無比に同じ速度で廻っているのを直感した。どんな小さな部品にいたるまで本多と相似形で、雲一つない虚空へ向って放たれたような、その機構の完全な目的の欠如まで同じであった。顔も年齢もこれほどちがうのに、硬度も透明度も寸分たがわず、この少年の内的な精密さは、本多が人々に壊されるのを怖れてもっとも深部に蔵い込んでいるものの精密さと瓜二つだった。こうして目をとおして、本多は刹那のうちに、少年の内部の磨き上げられた荒涼とした無人の工場を見たのである。それこそ本多の自意識の雛型だった。(十)

信号所の階段で、不意の闖入者である本多と、上から降りて来た透は、一瞬、目と目とで見交わす。それだけで、これほどの直感が本多に働くことに、疑問をもってもしょうがない。むろん、これは小説という舞台であり、語り手はそれだけの直感の能力を本多に与えたいのだ。彼は一言の会

話、一枚の葉書すら交わさないうちに、自分とまったく同じ機構の歯車を廻している、《自意識の雛型》を透の裡に見出す。もっともそこにしばらくいる間に、透が背伸びをした際、偶然、《一際白い左の脇腹に、三つ並んだ黒子》を見てしまう。ほとんど超現実的な、この電光石火の早業を根拠にして、本多は帰りのタクシーの中で、透を養子に貰うことを慶子に告げている、それを聞いた彼女が、呆れてものも言えなくなるのは当然だろう。だいいち黒子など、すでに心に決めている本多が見た幻かも知れないではないか。

　このせっかちな直感によって、本多が大きな代償を支払わなければならなくなることを、後の物語の進展は明らかにするが、ただ、彼に不安や疑いが萌さなかった訳ではない。養子問題に納得できない慶子のしつこい疑問に、本多は彼女と付き合いだして十八年間、秘密にしていた清顕以来の輪廻転生譚を語る。その際に、本多が語らなかったことが一つあった。それは透の持つ、本多の内面と瓜二つの自意識の機械仕掛けが、清顕にも、勲にも、ジン・ジャンにもなかったことである。もし、それがあるなら、透は《知っていてなおかつ美しい》ことになる。つまり、〈見る人〉が同時に行動する人になってしまう。感情や理念に殉じて二十歳で破滅する、という運命を知らないからこそ、彼の行動は美として可能になる。本多の考えでは美は無知と迷蒙からしか生まれない、ということになっている。知と美を兼ねることが許されないとすれば、《年齢も黒子も紛う方のない証拠を示しながら、ひょっとすると、あの少年は、はじめて本多の前に現われた精巧な贋物なのではあるまいか》という疑惑が湧いてくる。

本多は転生者としては、透が贋物かもしれないということを疑っても、しかし、彼が自分の自意識の雛型なんかではないかもしれない、ということには思い至らない。これまで本多の自意識は、世界が破滅する虚無に突き進む、盲目の行動者と共犯者になりうる熱量を潜めていた。それと同時に、裁判官として法・秩序を守る側に立つことのできる冷静な良識人でもあった。しかし、透の意識はそのような厚い仮面と素面という分裂的な性格を持たない。彼の悪意は、明治生まれの本多と共通する、近代的自意識などに根ざしているわけではないからだ。透が体現しているものは、そんなものとは無縁な貧しい生い立ちに養われた、悪意一元論なのである。彼がそれでも生きて来られたのは、普通の人間の振り、仮装することを知っているからだ、というに過ぎない。こうして非常識な養子縁組の話は進行する。ジン・ジャンの死んだのは昭和二十九年の春ということまでは分かったが、それでは三月二十日の透の誕生日よりも後である可能性は残る。透が産まれてからジン・ジャンが死んだのでは、生れ代わりの説話は成り立たない。だから、そこは詰めなければならないところなのに、本多の老いは、それを不明にしたまま、透を養子として迎え入れる手続きに入ってしまう。もはや輪廻転生の神話など、破綻する以外に使い道がなくなっている。

息子になった透は、高校入学からやり直さなければならない。興信所に調べさせた透の身上調書には、《頭脳は明晰でＩＱ百五十九》と記され、《ＩＱ百四十以上の出現率は》、《〇・六パーセントという希少さ》という解説もついている。優秀な成績での東大入学は、新しい親子の前提である。それ自彼に対する本多の教育方針は、この頭脳の高さを常識で鎧うものでなければならなかった。それ自体は本多を誇らかに満足させるものの、磨きあげたら怖ろしい牙にもなるからだ。こうして洋食の作法から始まり、《機械いじりとか、野球とか、トランペットとか、なるたけ平均的抽象的で、精神とは何ら縁のない、それもあんまり金のかからない道楽》が奨励される。学校は最上の成績で終えながら、同時に《人を安心させる愚かさの美徳》によって、《風をいっぱい孕んだ美しい帆》になることが求められる。本多が透を自分の自意識の雛型だと判断した誤解は、この教育方針にも徹底されている。彼が透に与えた規範は、自分が生きながらえた近代的自意識の世知を所有することなのである。そのために透は、三つの黒子で決定されている（はずの）転生者の宿命を自己超克しなければならない。そうすることによって、初めて透は本多の瓜二つの後継者になりうる。《透には、俺と同様に、決してあんな空恐ろしい詩も至福も許してはいけない》。この教育方針こそは、老残の本多の転向を示す以外の何ものでもないだろう。透が生れながらに持っている能力、飛翔の翼は危険な器官だ。それを単なるアクセサリーとすること、それが常識という鎧である。ということになれば、翼をアクセサリーにできなかった清顕も勲も月光姫も、人間社会に対する侮蔑、傲慢な存在であり、彼らは《苦悩に於てさえ特権的に振舞いすぎた》のだから、罰せられて当り前ということになる。自分では飛翔の翼をもたなくとも、その危険を共有した本多は消えて、そこには老猾な良識人がいるばかりである。

そうなれば、本多に対する透の優位はもはや動かない。まず、それは本多の透につける優秀な家庭教師選びに現れる。三人の内の一人、国語担当の古沢が過激派の政治党派に属していることを見抜けなかった。〈見る人〉本多の失点である。透は古沢が語る猫と鼠の例え話を聞いてそのことに気づき、それとなく告げる巧妙なやり方で、彼を首にしてしまう。それは権力になろうとしてなれない者（鼠）が、権力を仮装して、必死の自意識のドラマを演じ、自己正当化のために自殺してみせようと、本物の権力（猫）は、どこ吹く風とお昼寝している、という議論だった。

父親としての本多の圧政下で、従順な仮面に隠されていた透の鋭利な錐のごとき悪意は、人を傷つけたくてうずうずしている。そのはけ口は十八歳の高校生透に持ち込まれた、やはり、十八歳の少女との将来の婚約のための、いかにも早すぎるお付き合いよって果たされる。本多の法曹界の先輩を介してのこの申し込みは、東北の名門の家柄だけが自慢の地方銀行の頭取が、将来の娘の事を考えた、明らかに本多家の財産が目当ての話だった。その相手、浜中百子は狂女絹江とは対照的に申し分なく美しかったが、感受性は凡庸だった。透の悪意は性欲によって、彼女を肉体的に傷つけることにはない。彼は相手の精神だけを回復不可能までに傷つけることを目論む。それは意識が意識のままで欲望と化す悪意であり、透は細部まで計算しつくしたプランに基づき、ストーリーで見ればメロドラマに近い恋愛にまで、彼女の気持ち昂揚させた上で、これを破談させる。それは本多の意に適ったものであったが、半ばは彼も騙されたという点では、すでに透の悪意は、本多の制御しえないものになっている。透は手記の中でこんな風に書いている。

僕はこの世へ生れてきたとたんに、僕という存在自体が背理だということを知ってしまったらしい。僕は欠如を負うて生れたのではない。この世にありえないほど完璧な人間の、しかも陰画《ネガテイヴ》として生れたのだ。ところでこの世は不完全な人間の陽画《ポジテイヴ》に満ちている。誰かの手が僕を現像したら、かれらにとってはそれこそ大変なことになる。僕に対する恐怖はそこから生じるのだ。

（二十四）

磯田光一は、すぐれた『豊饒の海』論（「『豊饒の海』四部作を読む」）の中で、この《完璧な人間》が、清顕や勲を指しているという、読み巧者の彼にしては、珍しい誤読をしている。それを言うなら、《欠如を負うて生れた》のが彼らであり、だから自意識に煩わされず、行動の人たりえたのである。《この世にありえないほど完璧な人間》とは、それは神に近い人という意味ではないのか。とすればその陰画はサタン（悪魔）ということになろう。サタンにとって世間で愛と呼んでいるものが、嘔吐となるのは当然だった。

## 五　近代の終焉というファルス

《二十歳になったら、僕は誓って、父を地獄の底へ突き落してやる。その精密な計画を今から立てておくこと》と透は手記の中で書いている。その密かな予告の通り、透は昭和四十九年春、東大に入学すると同時に、俄かに養父に邪険になり、逆らうとすぐに手をあげるようになった。透に暖炉の火掻き棒で頭を割られる出来事さえ起こる。しかも、彼の邪悪な殺意は隙がなく、外部のものに、すべては巧妙に隠されていた。彼によれば、《悪は詩の姿で透明に人々の頭上をおおう》ていなければばならないのだ。透の横暴は怯える本多を前にして、いよいよ傍若無人になった。

透にしてみれば、四年間を一緒に暮らしてみて、いよいよ老人が嫌いになったその醜悪で無力な肉体、その無力を補う冗々《くだくだ》しい無用のお喋《しゃべ》り、同じことを五へんも言ううるさい繰返し、繰り返すごとに自分の言葉に苛立たしい情熱をこめて来るオートマティズム、その尊大、その卑屈、その吝嗇《りんしょく》、しかもいたわるに由ない体をいたわり、たえず死を怖れている怯惰《きょうだ》のいやらしさ、何もかも恕《ゆる》している素振、しみだらけの手、尺取虫のような歩き方、一つ一つの表情に見られる厚かましい念押しと懇願との混り合い、……そのすべてが透は嫌いだった。しかも日本中は老人だらけだった。（二十六）

透の目を通して浮き出る、八十歳になった本多の老いた醜悪の姿は、三保の松原（謡曲「羽衣」）における〈天人五衰〉の姿に重ねられている。そしてそれはまた、一九七〇年代の日本の五衰した姿にも象徴されようとしている。こうして本多は、透を自分の自意識の相似形、雛型と見誤ったことへの高い代償を支払うことになる。透が脇腹の三つの黒子で運命づけられていたとしても、微塵の狂いのないはずの教育方針を実施すれば、彼は申し分ない相続人になる筈であった。しかし、その透は養父によって、いまや転生者として、二十歳で死んでくれることが願われる。なんという逆説、なんという喜劇、なんというファルスだろう。《もし透が贋物だったとしたら》、死からも見放されるはずで、本多はそれを恐怖せざるをえない。しかも、本多は神宮外苑の覗き見のスキャンダルで、週刊誌の餌食にさえなる。これを捉えて透は、養父を禁治産者とする計画を、弁護士と始めるに至る。

　しかし、その透の思惑を御破算にする意外な決着、終幕のカタストロフィが一挙にやってくる。この惨状を見かねた、天使殺し役の俗なる貴婦人慶子が、クリスマスの晩餐会と称して透だけに偽の招待状を送り、本多が彼を養子にした理由を、一瀉千里に喋りまくる。透の運命、その転生者としての《理に合わない『神の子』の矜りを打ち砕き、世間並の教養と幸福の定義を注《つ》ぎ込み、どこにでもいる凡庸な青年に叩き直すことで、あなたを救おうとした》のが、本多の真意だった。しかし、そんな必要はなかった。なぜなら、あなたは初めから偽物だったからだが、それはあと半年の内にあなたが死ななければ最終的に証明される、というのが慶子の判定だった。これは透の自尊心を打ち砕くに十分な秘密の暴露となった。証拠として慶子があげた清顕の夢日記を、すぐさま本多から借り出した透は、それを読んで服毒自殺する。それは先に家庭教師、隠れ過激派の古沢が語った自己正当化の自殺と符合する。

　しかし、透は死ねない。辛うじて命を取り止めるが、完全に失明する。もともと世界の枠組みを壊す行動への、一かけらの幻想も情熱も持たず、その上、本多の近代的自意識すら嘲弄する、悪意の濃藍に立脚していたはずの〈見る人〉が、盲目と化したのでは、存在意味を失う。本多は準禁治産者を免れると共に、今度は透が準禁治産者を宣告される立場に転じる。こうして物語は、二重の意味でファルスとなった。一つは透の転生もどきに象徴される物語の枠組みの最終的破綻、もう一つは〈見る人〉を存在本質とする本多の分裂した近代的自意識の破綻と……。もとより、輪廻転生を現代小説のレベルに翻訳し得れば、それは近代の最大の虚構、革命幻想のメタファー以外ではない。とすれば、透と本多が演じたファルスは、近代の終焉こそを語っている筈ではないか。

小説の最後の舞台は、奈良の尼寺、月修寺に設定される。『春の雪』で天皇制のタブーを犯し、清顕と共に密通を重ね、死の運命をも怖れなかった聡子は、世俗を捨て仏門に入ったが、いまはその月修寺の門跡になっている。恥と罪と死を負って八十一歳になった老人本多の最後の宿願は、青春の夢の形見とも言うべき、八十三歳になっているはずの聡子に会うことであった。ところが松枝清顕について話し出す本多に対して、門跡はその人を知らない、という。

「しかしもし、清顕君がはじめからいなかったとすれば」と本多は雲霧の中をさまよう心地がして、今ここで門跡と会っていることも半ば夢のように思われてきて、あたかも漆の盆の上に吐きかけた息の曇りがみるみる消え去ってゆくように失われてゆく自分を呼びさまそうと思わず叫んだ。「それなら、勲もいなかったことになる。ジン・ジャンもいなかったことになる。……その上、ひょっとしたら、この私ですらも……」

門跡の目ははじめてやや強く本多を見据えた。

（三十）

## 「それも心々《こころごころ》ですさかい」

このすべてが虚無に溶けだす最後の場面に至るためにこそ、物語が展開されてきたことをわたしたちは知る。清顕を始め、すべての登場人物はもとより、観察者、証言者としての本多繁邦（私）すら、存在しないことになる。しかし、私達は全四巻の物語を読み、輪廻転生の意味づけをうるさく感じながら、彼らが強弱の度を露呈しつつも、それぞれに固有の存在感を主張し、歴史に規定された宿命を生き、死ぬことに、心を揺り動かされる。それなくして、こんな長篇の物語を誰が読もう。それが《心々》ということ、人の心によって、それぞれがあるがままに思い浮かぶということではないのか。たとえ、すべては虚無に溶けたとしても、彼らの存在、ドラマは人の心への作用を止めない。何故なら、これを語っているのは、輪廻転生の枠組みを仕掛けた三島由紀夫ではないからだ。では、誰が語っているのか。わたしはこれまで、その仮面の語り手、見えない歴史意志こそを見つめてきた積りである。

　作家三島由紀夫は、昭和四十五年十一月二十五日、この最終回の原稿を「新潮」編集部に渡し、東京市ヶ谷陸上自衛隊東部方面総監部に赴く。そこで三島が演じた最期のシーンはテレビなどの媒体を通じて世界に報道された。それが失明した透の虚無の影を色濃く背負っているだけ、わたし（たち）には、さらにもう一つのファルスが演じられたように見えた。

倉本昭

# 三島由紀夫『軽王子と衣通姫』について

## ——西洋文学と『春雨物語』の影響——

三島が昭和二二（一九四七）年四月に「群像」誌上に発表した『軽王子と衣通姫』は、『古事記』『日本書紀』に見えるカルノミコとカルノオホイラツメの悲恋譚から材を得た短編である。その評価は本多秋五が「芥川の歴史小説に伍して毫も遜色のない天晴れな作品」（『物語戦後文学史』昭和四一年　新潮社）として以来、決して低いとはいえないし、近年も本作に関する論考が現れているけれども、とりわけ著名な作品ではないだけに、関連論文の数が少なく、いまだ研究の余地が残されているといってよい。

本作に関する諸論考に目を通していて気づくのは、平成改元以降、『古事記』『日本書紀』が語るカルノミコの悲劇と比較して、三島の古典受容のあり方と『軽王子と衣通姫』の構想を明らかにし、さらに作品の本質に迫る、といった枠組みが出来上がっていることである。各論考は、いずれも優れた分析成果を示しており、作品に描かれた愛の問題や、神人分離のモチーフと三島の天皇観・国家観との関わりを精細に浮き彫りにする。

しかし、いずれの論考においても、新潮社の決定版全集に翻刻された本作の創作ノートを十分活用しているのかが疑問である。

決定版全集を見るに、ノートの内容は五つの断片に分けて翻刻されている。それらから三島の設定したテーマや問題意識が、どのような経過を経て作品として結実していったかがわかる。ところが断片1から5に至るまで、作者の迷いの跡が顕著だし、完成した作品との不一致点も多く見つかる。だから、ノートの内容を以って、そのまま完成作の解題的なものとみなすわけにはいかない。創作ノートの扱いには慎重を要するのであり、ノートを活用した『軽王子と衣通姫』（以降『軽王子』と略す）論のあらわれにくい理由もここにあろう。

それでも、ノートが『軽王子』について考究する上での好材料であることに間違いはない。先行の論文が作品のテーマ分析に一定の成果を得た現段階で、『軽王子』論に新たな展開を見せようとすれば、創作ノートを視野に入れての考究が不可避となろう。

筆者が本稿で試みたいのは、創作ノートを利用し、作品分析に向けた一番基礎的な作業として、三島のいう「参考文献」につき、考察を加えることである。

当然、筆者が論じる「参考文献」は、従来比較検討の対象にあげられてきた記紀とは別の作品群である。記紀との比較という先行研究の枠組みを抜け出して、新たに見えてくるテーマなり問題点があるかを探っていくことにしよう。

## 一

創作ノートのうち【断片3】とされるものは最も内容が豊富である。その中で私の関心を引いたのは、以下の記述である（決定版全集第十六巻六三九頁）。

○参考文献
ホーフマンスタール「白鳥姫」
バトラー・イェーツ「ディヤドラ」
ギュスタアヴ・フロオベル「サン・タントワアヌ」
ギリシャ悲劇数篇「アンティゴオネ」「波斯人《ペルシャ》」その他

二番目のイェーツの戯曲については、【断片3】の中に「「ディヤドラ」や郡《こほり》虎彦を思ひ出させぬやうに、野外劇がよきか？　物語形式がよきか。」ともある。また「盗賊」創作ノートには

◎ホーフマンスタール「白鳥姫」序幕の構想or「サン・タントワーヌ」

きはめて叙事的叙情的叙述多き戯曲
『軽王子と衣通姫』
とも見える（決定版全集第一巻六四三頁）。ならば、初めの三作品の内容を確認して、その影響を明らかにすることが、まず必要であろう。

最初の作品について言えば、ホーフマンスタールに「白鳥姫」なる作品はない。「白鳥姫」はストリンドベルイの作である。大正二年「聖杯」誌に矢口達の訳、同年「スバル」に萱野二十一の訳、大正十二年に『ストリンドベルク戯曲全集』中の中谷徳太郎訳があるが、三島は大正十四年『世界童話大系』第十九巻に収められた小山内薫訳を読んだ可能性が否定できない。

作品の内容は公爵の美しき娘・白鳥姫と、その守り役・教育係として訪れたリガリッドの王子とのロマンスであり、そこに姫を退け、王子を自分の娘とめあわせようとする魔法使いの継母の陰謀が絡む。作中で姫はリガリッド王の許婚とされているから、王子との恋はタブーである。それに加えて、二人の恋を妨げる継母の黒い陰謀もある。そこで、まず『軽王子』に通じる点として「王子と姫との禁じられた恋の行方」という全体のテーマが指摘できる。しかし、この劇の序幕の構想で『軽王子』に確実に反映したと見られる点は指摘しがたい。また主人公の恋もハッピーエンドで幕が下り、悲劇とはなっていない。

ここで念のため、三島が「白鳥姫」という作品名の方を誤って記した可能性にも配慮しよう。

「白鳥姫」作者として記すホーフマンスタールは、三島が強い影響を受けた作家の一人である。よって作者名を誤りはすまいという立場に立ってみるのである。

『軽王子』の悲劇の皇太子は剣で喉を刺し貫いて自害し、その時「雄朝津間稚子宿禰天皇から伝へられた貴い血は勢ひよく高らかに迸つた。」「愕いて飛翔たうとした大鷹の白い翼にも、つかのまに紅ゐの繁吹が斑らをゑがいた」とある。この白鷹は王子の死すべき運命を司る象徴として作中に登場していた。

この鷹に注目するならば、ホーフマンスタールの歌劇用台本に、不思議な赤い鷹が登場する《影のない女》があることに思い至る。

《影のない女》の赤い鷹は、第一幕、劇の冒頭、狩をしていた皇帝が、霊界大王と人間との血を分け持つ娘に出会うときに登場する。鷹は、カモシカに変身していた娘を追い詰め、その眼を翅で打ったことから、皇帝に追い払われる。しかし鷹は皇帝の元に舞戻ってきて、人間界では影を持たない娘が、三日以内に影を獲得しなければ、皇帝が石になると警告する。

軽王子が鹿狩りの折に藤原宮に忍び入り、衣通姫を見初めること、白い鷹が返り血で翅を赤く染めることの二つは、《影のない女》第一幕の狩のシーンと赤い鷹がヒントになったのであろうか。

しかし三島が『軽王子』を構想していた昭和二一年夏の段階で《影のない女》の内容を知っていた可能性は少ない。(1)

『軽王子』創作ノートにあるイェーツの「ディヤドラ」は、「デアドラ」として、竹友藻風訳が

『世界戯曲全集』第九巻「愛蘭劇集」（昭和三年刊）に備わる。物語は以下の通り―ウラアの大王コノハの后がねであった美女デアドラが、父親ほど年の差のある王を嫌い、ウスナの息子で若々しい美男・ニイシャと恋に落ち、スコットランドに駆落ちする。亡命生活の果てに、フェイアグウスのとりなしで王の許しを得、アイルランドに護送されたところから劇は始まる。コノハ王の召しを待つ宿舎にてデアドラは王の罠を疑うが、フェイアグウスは王を信じる態度を変えない。しかし懸念通り、王は裏切りの態度を明らかにし、ニイシャは捕まって処刑される。デオドラも後を追う―

この悲劇は、后がねの美女と英雄（但し竹友訳は本編の前に「人物」として役柄を挙げる中で、ニイシャを「若い王」とする）との禁じられた恋の悲劇という点で『軽王子』に通うとも言える。だが、ノートに「「ディヤドラ」や郡虎彦を思ひ出させぬやうに」とあるくらいだから、『軽王子』と「ディヤドラ」とのつながりを必要以上に詮索することは牽強付会に陥る危険を伴う。

注目すべき参考文献のうち、フロオベル「サン・タントワアヌ」との関係についても、聖アントワーヌを襲う幻覚描写に触発されて、衣通姫を包む幻想的雰囲気を描いたのだろう、と推すことはできる。しかしフロオベルの描く幻想と『軽王子』の幻想描写との直接的影響関係は指摘しがたい。

以上、三つの外国文学作品からの影響を見た結果、参考文献としての意義を過大に評価することができないとわかった。三島が昭和四十年講談社から出した短編全集のうち『花ざかりの森』に寄せた「あとがき」に、日本の過去を描いても「半ばハイカラで、一九世紀末のヨーロッパの頽唐派の雰囲気を模してゐた」とある。そのことに関わるのが、『軽王子』の場合、叙上の外国文学の

「参考」だったと言えるのだろう。だが作のハイカラさ、欧州の頽唐派的なる要素を見出すことまでは可能でも、これまで検討した三作品いずれかの題名を挙げて、それの影響を受けた結果だ、と明言することは難しい。

そうなると筆者には、創作ノートで「参考文献」の直後にある以下の文に注意がいく（傍線は筆者による）。

『軽王子と衣通姫』
心中を暗示的に扱ふ　死の兆にとりかこまれて暮す。愛の喜悦が死によつて象徴される。愛は死に他ならない。一刻一刻生きてゐることが愛を裏切る行為になる。

また、【断片3】の最後に「テーマ」とあって、

愛が二人を反撥し　二人の間にどつかと坐つてしまふ。二人はその愛の介在のために夜となく昼となく苦しみ抜く。愛なき国―死の国へ！　逃避ならず（下略）

前の引用文に見える構想・テーマの内容は、完成作に「今や王子と姫にはあらゆる愛のしるしが煩はしく思はれ、愛と名のついた行ひが忌はしく感じられた」「愛し合へば愛し合ふほど苦しめ合

つてゐるおのおのに気附いて」「恋する者が共住みの日毎夜毎に、苦しみのひそむ余地が残されてゐる」といった文章があるから、執筆段階でも変わることはなかった。

ところで筆者は、前の引用文傍線部に書かれている倒錯的な愛の形に、ワーグナーの《トリスタンとイゾルデ》のそれを想起する。（以下引用の傍線は筆者による）

恋の闇夜！　生きてゐることを　忘れさせてくれ！　私をお前の膝に　抱き上げてくれ！
そしてこの世から　解放してくれ！（第二幕第二場　トリスタンとイゾルデの二重唱）

私たちはかうして、もう死んだのです。離れることなく、永遠に一つになつて、尽きる時なく、
目覚めることもなく、何の不安もなく。限りなく　恋に浸つて（同前）

お丶永遠の夜！　甘く快い夜！　尊く荘厳な　恋の夜！　お前に抱擁された者、お前に笑みかけられた者が、お前の中から何の不安もなく、目覚めたことがあつたらうか？

さあ、その不安を逐ひ払つてくれ！　やさしい死よ！　憧れ求めた　恋の死よ！（中略）
陽の光から遠ざかり、別れをかこつ　昼から遠ざかつた　この歓び！　妄想のない　和やかな
憧れ！　不安のない　甘美な希ひ！　悲しみのない　尊い死！（同前）[2]

このように《トリスタン》にあらわれた、現世での愛の苦悩、愛あるが故の煩悶、そして、夜と死の世界への憧れをどう読むかについて、戦前のワーグナー研究論文を見てみよう。

解決の背後には幾重にも未解決が控えてゐることを知らねばならぬ。現状は達しえざるものであつて、達しえざる処に永久の憧憬があり吸引がある。それをその侭の姿において固定すること、それは死以外のものでありえぬだらう。「神々の黄昏」におけるジークフリートとブリュンヒルデの死においては一切のものが壊滅する。トリスタンとイゾルデの死においては一切が蘇るのである（中略）トリスタンにおいては永遠の愛恋のうちに生命の最も高貴なる瞬間は失はれることが無いのである。凡てを滅するかはりに一切のものが獲られ、勝利がある。（山根銀二「ワグネル的浪漫主義への回想」「音楽評論」昭和十四年　第八巻第一号）

またトーマス・マンは『リヒャルト・ヴァーグナーの苦悩と偉大』の中で《トリスタン》を語るのにノヴァーリスの以下の言葉を引いている。

死において愛は最も甘美であり、愛する者にとって死は婚礼の夜であり、甘美なる神秘の奥儀である(3)

以上を参考にした上で、本稿では、三島が『軽王子』創作ノートに記したテーマを、《トリスタン》幕切れのアリアの題からとって「愛の死」のテーマと呼ぶことにする。三島の提示した「愛の死」のテーマは、ワーグナーのそれのヴァリエーションと考えることもできるからである。(4) ワーグナー作品が参考文献に挙げられていない以上、『軽王子』との関連を強調しすぎることには問題があろうが、今後検討すべき材料として触れておいた。

二

『軽王子』は記紀に見える悲劇に基づいているが、記紀で語られるのはごく短いエピソードにすぎないから、三島はかなりの創作部分を加えている。これらの部分の創作意図については先行研究でも様々に論じられている。ここで三島が創作して加えた設定、言いかえるならば、記紀中の説話にない設定のうち、目立つものを挙げ、幾つかのものには小説からの引用を添えておこう。

1、闇夜の中で衣通姫が亡き帝の御陵を訪う。
2、衣通姫との姦通を知った父帝は、それでも軽王子を許そうとする。(5)
3、都にはやるふしぎな童謡が、軽王子の姦通の露呈と島流しの運命を暗示する。また王子が母后を見舞った夜、剣戟の音が空に響く。
4、軽王子の心の弱さ

「王子は矢をつがへたまま、ふと他事に心うばはれて、あたら獲物をにがして了ふことが屢々あつた。王子は何をあのやうにたえず物思ひに耽けられるのであらう、物思ひとは女のすることではなからうかと或る人が誹つた。いや王子はあのやうな折々に、今は喪はれた神のお姿を目のあたり見られるにちがひない」

「いかなる悪しき神が軽王子に宿つたのか。王子の耳には大和国原でまだ王子の名を口にしてゐる百千の女と幾何の男との音声も届かず、穴穂天皇への尽きせぬ恨みも褪せ、王子の尊貴を証拠立てる叛心も消え」

5、衣通姫、伊予への航海中、亡き帝の幻影を見る

「雲の間に姫は巨大な先皇の御顔が懸つてゐるのを見た。御髯は長く海の上に流れ、まことの金色であつた。御額のあたりには夜の憂ひがあつた」（皇后が御陵で帝の幻影を見る場面もある）

6、子供が見た夢告

「己が見た吉夢を、集ふ人が口々に王子に告げた。一人の少年が、昨夜、海上を光らして大蛇のわたり来る夢を見たと呟いた。」

7、王子の股肱の臣・石木の臣の登場。石木は勇士二、三を伴い、王子を追って伊予に来て、朝廷への反乱を胸に、着々とクーデターのための軍備を整える。最後は敗れて捕縛され、首をはねられる。その石木の臣が王子に反乱をそそのかす。

「わが大君……御母の御託宣をわすれたまふな。神々の御旨に背きたまふな（中略）もし万一、もし万一、悲しみに御心挫けて親ら御命を絶ちたまふやうなことがあれば、あなたさまは天皇では在しまさなかつたのでございますぞ……御心強く健やかに御軍立ち遊ばしませ」

8、衣通姫の神託。王子が奏でる琴を聴くうち、姫は幻覚を見る。

「篝火のとどかぬ闇にふしぎな気配をきいた。翼のやうなものがひらめき飛ぶのであった」姫は神がかり状態となり、先帝の皇后の声で、軽王子の皇位継承と、彼を流した穴穂王子が弑逆の運命にあることを予言(6)。

9、王子が自刃して飛散した血しぶきが、白い鷹の翼を斑らに染める。

従来の研究が、以上九つ全てについて創作意図を明らかにしているわけではないし、本稿はそれを解明することを目的とはしていない。私は、これらのヒントになった先行文学がなかったかを詮索したいのである。

ここで、『軽王子』を構想する前年、昭和二十年の五月十九日に書かれた清水文雄宛書簡に注目したい。

今イェーツの一幕物を訳してをります。はじめての翻訳とて、おつかなびつくり訳しながら、文章もそれにつれて、固くなり勝ちです。全部謡曲の候文で訳してをります。机辺には和泉式部日記、上田秋成全集、古事記、日本歌謡集成、室町時代小説集、鏡花を五、六冊、並べて、これから企てる物語の世界など、空想してすごす夜の数時間をもてることを幸せに思ひます。

（決定版全集第三八巻　五九九―六〇〇頁）

書簡引用部の冒頭に言うイェーツの一幕物とは「ディヤドラ」であろうか。『軽王子』の題材の源泉となる『古事記』も挙がる。しかし、とりわけ私の注意をひくのは上田秋成全集である。三島は戦時中、冨山房百科文庫版　鈴木敏也校『上田秋成全集（一）』を愛読していたと、彼のエッセイ「雨月物語について」に書いている。そこに「座右の書のみならず、歩右の書でもあった」とさえ書いている（決定版全集第二七巻二一一頁）。

秋成の作品を愛読しながら「これから企てる物語の世界」を空想していたのなら、書簡が書かれた翌年夏、『軽王子』を構想する折に秋成作品を意識しなかっただろうか？

記紀にない物語的要素を三島が創作した部分として挙げたうちの9は《影のない女》と関わりのないことを既に述べた。そこで私は、この鮮烈で猟奇的な王子の自裁シーンが、『春雨物語』「血かたびら」の薬子の自害場面に触発されて書かれたものだと考える。

薬子おのれが罪は悔まずして、怨気焰なし、遂に刃に臥して死にぬ。この血の、帳かたびらに飛び走りそゝぎて、ぬれぬれと乾かず。（大正六年刊　有朋堂文庫『上田秋成集　全』をテキストにした。ルビを省略、表記は現在のものに改める）

これは、薬子が兄の仲成と図って平城上皇を擁立するため反乱を起こし、その企てを失敗に終わらせた末路を描いた場面である。軽王子は反乱の失敗の責めを負い自ら刃に死する点で薬子と共通している。三島は、「血かたびら」という題名にもかかわる、薬子の体から飛散する鮮血のイメージを、軽王子の最期に、アレンジした形で用いたのではないか。

この推察を足がかりとして、先に挙げた記紀にない設定群と「血かたびら」とを比較すると、共通しそうな内容のものがいくつか指摘できる。なお引用文中の（　）は筆者による。

1、衣通姫の先帝御陵参拝

「血かたびら」

「一日皇太弟柏原の御陵に参りて、密旨の奏文さゝげまつらす、何の御心とも誰伝ふべきにあらず。天皇も、一日御墓詣したまふ」（平城天皇と皇太子がそれぞれ桓武天皇の御陵に参る）

3、不思議な童謡と夜空の怪音

「血かたびら」

「また市町の童が歌ふに、花はみなみにまづ咲くものを雪の北窓こころ寒しも　と歌ふが、北に聞えて、平城の近臣を召して、推し問はせたまへば、これは薬子、仲成等が勧め参らすことなり」

「一日大虚に雲なく風枝を鳴らさぬに、空に轟く音す」

4、軽王子の心の弱さ
「血かたびら」

「天皇、善柔の御性にましませば……（夢に父帝が立ち、早良親王復権と追善を求めたことに）これは御心のたよわさにあだ夢ぞ、とおぼし知らせたまへど……御心の直きに悪しき神のよりつくぞと申して、出雲の広成に仰せて、御薬調ぜさせたいまつる。」

5、衣通姫、亡き帝の幻影を見る

6、夢告
「血かたびら」

「一夜、夢見たまへり。先帝のおほん高らかに　けさの朝げ鳴くなる鹿のその声を聞かずば行かじ夜の更けぬとに……またの夜先帝の御使あり」（平城天皇の夢枕に先帝が立つ）

7、石木の臣が反乱をそそのかす
「血かたびら」

「仲成これにつきて、君の下居は暫の御悩なりと申して、御即位またあらせたまへ、今上の御心に違はゞ、われ兵衛督なり、奈良山、泉川に軍だちして、稜威示さむとぞ申す」

「仲成を捕へ、首刎ねさせ、奈良坂に梟けさせせ」（藤原仲成は妹と平城上皇の重祚を狙ってクーデターを起こし、失敗して、処刑される）

ここに並べた「血かたびら」の引用部分が、それぞれ『軽王子』の対応する設定の原拠になったというより、三島が記紀説話をふくらませていく際に、「血かたびら」から何かとヒントを得たというべきか。

実は、三島が『春雨』の影響を受けて小説を書いていた例が『軽王子』と近い時期にある。彼は『軽王子』に先んじて、『夜の車』を書き、昭和十九年八月「文藝文化」終刊号に発表した。主人公は一殺人常習者。その「彼」が、将軍や北の方、能役者や遊女を殺害した末に、最後に出会うのは海賊頭である。殺人者は海賊頭との対話を通じ、己を超越した境地に立つ相手の存在に衝撃を受ける。

三島の、この難解な短編において、海賊頭とはいかなる役割を担っているか？　三島自身の解題（昭和四三年　新潮文庫『花ざかりの森・憂国』解説）以来、論議の的になるところである。『夜の車』がニーチェの『ツァラトゥストラはかく語りき』（三島が読んだのは登張竹風の『如是説法ツアラトウストラー』）に触発されて書かれたものであることは周知の事実であって（手塚富雄との対談「ニーチェと現代」を参。中央公論社　昭和四一年刊『世界の名著46ニーチェ』月報に所載）、

『ツァラ』と海賊との関係についても触れる研究がある。[7]ただし主人公が海賊頭とわたりあう設定自体は、秋成の『春雨物語』の一話「海賊」の影響によるのだろう。

「海賊」は紀貫之が都に還る途次、海賊に邂逅する話である。貫之は海賊から古今和歌集仮名序への「ダメ出し」をさんざん受けたあげく、都の屋敷にまで手紙を送りつけられ、「貫之＝つらゆき」の読み方の誤りをさえ指摘されて、全く閉口してしまう。大歌人にして一級の学者であった貫之の権威が、海賊によって完全に相対化される意外性に三島はうたれたのだろう。彼はこれをヒントに、『夜の車』に海賊頭というキャラクターを登場させて、至高の境地の担い手として、殺人常習者と対峙せしめたのだと思われる。

以上のように私は、戦時下に愛読していた上田秋成全集に載る『春雨物語』が、戦中書かれた三島の作品に影響し、さらに戦後に書かれた『軽王子』にも影響していると考えるのである。

三

三島はエッセイ「雨月物語について」で『雨月』礼賛を試み、『春雨』について触れた箇所では「私はのちにむしろ雨月以後の「春雨物語」を愛するやうになつた」と書いている。ちなみに、このエッセイは昭和二四年、つまり『軽王子』構想の三年後に書かれた。それより遡ること七年、昭和十七年の時点で三島は既に『春雨』を読んでいる。「文藝文化」昭和十七年十一月号に寄せた「伊勢物語のこと」（決定版全集第二六巻三四五頁）に「雨月のやうな物語をかき、もつとあがきのとれぬ春雨物語といふ悲痛な小説をかいた秋成」とあるのから明白である。昭和二十年には海軍工廠で少年工に『雨月』の話をしていて（「雨月物語について」）、そちらの評価がまだ高かったことがうかがえる。それが戦後『軽王子』構想時には、『春雨』評価が『雨月』を上回りつつあったと考えたい。

三島は『春雨』について、

そこには秋成の、堪へぬいたあとの凝視のやうな空洞が、不気味に、しかし森厳に定着されてゐるのである。こんな絶望の産物を、私は世界の文学にもざらには見ない。（「雨月物語について」決定版全集第二七巻二一二頁）

……怪異の効果は秋成にとつては、ポオよりもさらに、一種の抗議《プロテスト》としての意味が強かつたと私には考へられるからである。

されればこそ春雨物語が、あのおそるべき不満と鬱屈の書が、雨月のあとから生み出された、といふよりは、吐き出されたのであつた。それは「樊噲」の一種爽快な、白壁に打ちつけた墨痕のやうな「悪」のめざましい表示を伴なつて、今日なほわれわれの前にあるのである。（「雨月物語について」決定版全集第二七巻二一五頁）

と語る。「不満と鬱屈の書」「あがきのとれぬ」「悲痛な」「絶望の産物」という評価は、「不幸は、終戦と共に、突然私を襲ってきた」「二十歳で、早くも時代おくれになつてしまつた」（『私の遍歴時代』）という、戦後の三島の心境とも微妙にシンクロナイズしているのではないか。

では『春雨』への高評価が『軽王子』への「血かたびら」の影響にそのままつながるのかというと、少し説明不足である。『軽王子』は三島が終戦後こだわった「神人分離」のモチーフを秘めた作品であること、松本　徹『三島由紀夫論』（朝日出版社　昭和四八年）以来定説となっている。私は神人分離の問題にとらわれた三島が、戦後、「血かたびら」を、「神人分離後星霜を経た時代の天皇家をとりまく悲劇」と読んだのであり、その結果「血かたびら」中の幾つかの挿話が、記紀の説話をふくらませる際にヒントを与えたのだと考えたい。

「血かたびら」は呪文、変異、夢告、凶兆、異人と、誠にマジカルな雰囲気に溢れている。その中で、最早「神人分離」してから遠く下る時代に生まれた平城天皇は、妖兆に動揺する自らの心を律しきれず、帝としての権威が崩れていくのをいかんともすることができない、悩める人間として描かれる。神性を駆使してマジカルなものを支配し、制御できる「聖王」ではないのである。それができる者は神祇の家の者や、仏力を得た密教僧だけになってしまっている。藤原仲成・薬子兄妹は、そんな帝の弱みにつけこんで、馴致し、傀儡化しようとし、反乱につなげていく。

三島はこのような作品世界を、軽王子と衣通姫、皇后らが生きる作品世界を創造する際に参考にしたのであろう。その結果、『軽王子』もマジカルな要素が濃厚な作品となり、神霊の跳梁、相次ぐ妖兆が描かれたのである。そんな不思議な現象に主人公たちは心かきくらまされながら、「愛の死」の世界に突き進むほかない。三島は晩年にものした『日本文學小史』に言う。

われわれは、ふしぎなことに、太古から、英雄類型として、政治的敗北者の怨念を、女性的類型として、裏切られた女の嫉妬の怨念を、この二種の男女の怨念を、文化意志の源泉として認めてきた……（決定版全集第三五巻五五九頁）

しかし、「もし政治的に危険な衝動であつても、挫折し、流謫されたものの中にのみ、神的な力の反映が迫ると考へられた」（『小史』）はずが、軽王子と衣通姫には、その神的な力さえ、暗い運命の予兆としてしか働きかけない。だから姫が皇后の声で王子に幸いな託宣を下したときも、王子は「その声を虚しく聞いた」のである。「巧緻な神のからくりを見るやうに、心がしらじらしく醒めてしま」うほかなかったのである。最早、予言の言葉が意味するものは「予言としての力をも有たなかつた」。

「血かたびら」の薬子は、まだ、ぬれぬれと乾かぬ鮮血で「神的な力」を発現させることができたが、王子と姫には、そのようなことも不可能であった。王子の血で翅を染めた鷹も、王子の思惑通り母のみもとへ舞ったのか、小説では語られない。

記紀のカルノミコ—カルノオホイラツメ説話は恋の悲劇が中心テーマである。貴種の死にまつわるドラマがもたらす感動の質は、神人分離への問題意識だけでは説明できない。パセティックな愛の形が、何より心を打つのだ。三島がカルノミコを神人分離後の悲劇的英雄と読み、小説にしたてても、悲恋を中心テーマに置くことに変わりはなかった。その悲恋を記紀の歌物語的なものから、現代小説としてふさわしいものへと変質せしめるために、「愛の死」のテーマが見出されたのではなかろうか。

小説の軽王子に神的な力で王権を奪取する可能性は閉ざされていた。また彼は怨念の破壊的パワーで新政権に復讐することもしない。衣通姫への愛によって王権への道を失った王子は、神的な力の根源―神のからくりのただなか―に飛び込むことを選ぶ。彼の悲劇性は、神性の発現を無効化されたことで、愛の禁忌を乗り越えられず、愛の死を選択せざるをえぬ運命に追い込まれたところに発している。「神人分離」と「愛の死」のテーマは、こうしてつながっていく。

『軽王子』の参考文献である「白鳥姫」や「ディヤドラ」は、禁じられた恋の燃焼と苦悩を描いてはいたが、「愛の死」のテーマを追求したものではない。そこで筆者は《トリスタン》をもちだしてみたのである。三島があげた西洋文学の参考文献は、翻案した元の作品でもなく、記紀説話にない設定の原拠を有するものでもなく、結果として、大きな影響は認められない。

一方、『春雨物語』は参考文献にあがりはしないが、戦中の愛読書であったことからも、戦後すぐ書かれた『軽王子』への影響を認めてよさそうである。具体的には、「血かたびら」が神人分離後の古代世界を描くのに大きなヒントを提供したと考えられる。

拙稿では、『軽王子』創作にあたって三島が参考にし、また影響を受けたとおぼしい先行文学の詮索に終始し、『軽王子』の作品論や文体論に立ち入ることはできなかった。筆者が「愛の死」のテーマとして掲げたものが、果たしてワーグナーの影響下にあるものかどうかの更なる検証が必要だし、そのテーマと神人分離への問題意識とは、作品内部で破綻なく結びついているのかも論じる余地がなかった。そして、三島文学への上田秋成作品の影響をとりあげ、このたびは二つの短編に『春雨』の影響を考えてみたのだけれども、同様にして、三島文学に『雨月』の影響をどれだけ見出すことができるのか？『春雨』評価が『雨月』を上回ったと言及する三島であるし、三島文学における秋成作品の影響を考察するのに、専ら『雨月』を引き合いに出す傾向に軌道修正が必要ではないか……など考えるべき問題は多い。

注

（1）《影のない女　Die Frau ohne Schatten》はホフマンスタール台本、リヒャルト・シュトラウス作曲により一九一九年十月十日ウィーン国立劇場にて初演された歌劇である。本作はシュトラウス作品の中でも長らく不人気であった。ドホナーニ指揮のもと日本で初演されたのも八〇年代である。

ところで第二次世界大戦前後の日本において歌劇《影のない女》がどれだけ知られていたのか。戦前の音楽雑誌を検するに、昭和十四（一九三九）年「音楽世界」第十一巻第十一号に見える津川主一「ドイツ人とユダヤ人の挽近音楽界を覗く」に、

> 第二はムニツヒ音楽祭で、七月二十九日に開始され、九月十日までつづく筈に成つてゐる。初日は特にリヒアルト・シユトラウスの七十五回目の誕生祝ひといふこと《ママ》と成つてゐた。それ故曲目をみるとシユトラウス音楽祭の感がある。すなはち彼の歌劇の殆んど代表作全部が見える。
>
> 影なき女　薔薇の騎士　ナクソスのアリアドネ　休戦日　サロメ　アラベルラ

とあるほか、同年の「音楽評論」第八巻第三号「海外だより」、第八巻第八号の坂本良隆「現代ドイツ作曲界展望」にも「蔭なき女」「Frau ohne Schatten」という題がシュトラウスに関わる記事の中に見えるが、内容については書かれていない。

昭和十五年「音楽評論」第九巻第九号の坂本良隆「リヒアルト・シュトラウスと其作品」に、

> 歌劇「影なき女」（一九一九年）では作曲者は「エレクトラ」と「アリアドネ」との型の結合を企てた。恰もモツアルトの「魔笛」を手本としたやうな、諷刺的暗黒と相異なるお伽噺の過多が見られる。この作品では「アリアドネ」や「バラの騎士」のやうな直接な新鮮さ

はないが非常に美しく、大形式の華麗なオペラの精神の上に建て、又権力ある重奏と終曲とは大交響楽的間奏曲のやうに書かれた。魔法の表現、未だ生れぬ子供の声、魔の叫喚等に新しい響を見出す外は、多音楽の動機、和声的多様性、律動的柔和等、以前の作品のものが保たれてゐる。

とあるのが管見の範囲に入った最も詳しいものであった。これらの記事から三島が歌劇第一幕の内容を知ることはできない。ちなみにホフマンスタールは一九二一年に、この台本を小説化している。山岸光宣著『現代の独逸戯曲』第二巻第三章「フーゴ・フォン・ホフマンスタール」(昭和二年　大村書店)には、小品への目配りにおいても秀でた解説があるが、「影のない女」については題の紹介程度で、内容について「童話風のもの」とするのみ。

また三島が小説版を原書で読んだことは戦時下の状況からして考えにくい。Josef Gregar が一九四三年にミュンヘンの Piper から上梓した『Richard Strauss, der Meister der Oper』を読んだ教授から、東大在学中に物語の内容を聞いた、もしくは原書を借りたことも考えにくい。川村二郎が岩波文庫『ホフマンスタール詩集』(平成二一年)に記した解説に「戦中は杜絶していたドイツ書の輸入が再開される直前で、古書以外に頼るべきものはなかった。その二年後、一九五二年に出たS・フィッシャー社版ホフマンスタール全集の一巻『詩集・叙情劇集』が、初めて手にした新刊の詩集原本」とあるのから推せばよい。

(2)『ワーグナー全集』楽劇全五巻　第二巻（小笠原稔　訳　河出書房　昭和十六年）より。
引用の表記は現在のものに改めた。

《トリスタンとイゾルデ》は、コーンウォールのマルケ王がアイルランドから呼び寄せた后がねの王女イゾルデが、王の甥・トリスタンの船で故郷から運ばれる場面で始まる。イゾルデは恋人の敵であるトリスタンに毒を盛り、自分も自殺しようとするが、侍女の計略で惚れ薬を飲まされてしまい、トリスタンと離れられぬ仲となる。二人の姦通は察知され、王たちに密通現場に踏み込まれて、トリスタンは重症を負う。部下の働きで船によりコーンウォールから逃れたトリスタンは、追ってきたイゾルデに抱かれて死ぬ。イゾルデもまた、全ての事情を知り恋人たちを許そうと追ってきたマルケ王の前で、「愛の死」を歌い、息絶える。以上のあらすじから判る通り、王の甥である勇士が、王の后がねと姦通し、二人とも死に至る悲劇は、「白鳥姫」「ディヤドラ」よりも『軽王子と衣通姫』に近い内容を持つ。

ところで「愛の死」のテーマなりモチーフは、愛の究極の相・最善の美の相を、死に見出さんとする態度から理解されうる。近い発想は「白鳥姫」第一幕にもあらわれる。

白鳥姫　あなたの腕に抱かれて、あたし死にたいわ。
王子　笑って、そしてお死になさい。
白鳥姫（身を起こす）死ねれば好いけれども
　　王子、姫を抱く

（3） ここは平成二年刊・岩波文庫『講演集　リヒァルト・ヴァーグナーの苦悩と偉大　他一篇』の青木順三訳によった。

（4）《トリスタンとイゾルデ》は三島と大層縁の深いオペラである。昭和二七（一九五二）年パリでシュトゥットガルトオペラによる公演に臨み、映画「憂国」BGMには昭和七（一九三二）年に指揮者ストコフスキーがフィラデルフィア管弦楽団を振ったRCA盤から「トリスタンとイゾルデより―愛の死」を使用した。三島が『軽王子』構想段階で「愛の死」を聴いていたかは不明であるが、ストコフスキー盤以外に一九三八年録音のフルトヴェングラー指揮ベルリンフィルによるEMI盤も世に出ていた。管弦楽は聴いていなくとも河出書房の全集は読んでいたかもしれないし、ワーグナーの伝記や楽曲解説書は、古いものだと『ワグネル物語』（皆川正禧著、明治四一年刊）、『ヴァークナーの生涯と芸術』（昭和八年刊　音楽世界社編）、『ワーグナー全集』（昭和十五～十六年）などが出版されており、《トリスタン》に横溢する「愛の死」のモチーフについて知ることは可能であった。

（5） ここについては、不倫を許した《トリスタンとイゾルデ》のマルケ王、また許さなかった「ディヤドラ」のコノハ大王など参考文献の「寝取られ王」たちを勘案しながら、先帝の寛容を設定したのだが、「死をかけた恋愛であったはずの悲劇性や緊張感が意外にも失われてしまう」ことに「悲劇性の欠如の悲劇という逆説」を読みとる末松久美説がある。（「三島由紀夫の短編小説『軽王子と衣通姫』論」　福岡大学日本語日本文学　8号　平成十年一二月）

（6）空中を飛行する異物なら『春雨物語』「血かたびら」に出る。晴れ渡った空に轟音がするので空海が呪文を唱えると、異物が落下した。それは「蛮人車に乗りてかけるなり」と見える。姫の声が皇后に変わるモチーフは『雨月物語』「蛇性の淫」で富子の声が真女児の声に変わって怨みを述べる場面を想定するまでもなく、『古事記』で息長帯姫が神の憑り代となって神託を述べた場面をヒントとしたのだろう。

（7）柴田勝二「憧れの構造―三島由紀夫の初期作品について」「文学批評　敍説」一九九四年七月三十日号

本稿執筆にあたり、関連資料の閲覧をお許し下さった東京音楽大学図書館に心より謝意を表する。

また本稿に引用した文章の漢字は原則として全て現行の字体に改めたほか、適宜原文の表記を改めた部分がある。

加藤邦彦

# 冷感症の時代

## ――三島由紀夫『音楽』と「婦人公論」――

### 一

三島由紀夫『音楽』は、雑誌「婦人公論」に一九六四年一月号から一二月号まで連載された長篇小説である。単行本は一九六五年二月、同誌の発行所である中央公論社より刊行された。しかし、長篇であるにもかかわらず、この作品に対する本格的な論考は少ない。それは、ひとつにはこの小説が三島の作品系列においては主流に属するものではないせいであろう。渋沢龍彦は次のように述べている。

小説『音楽』は、三島由紀夫氏の作品系列のなかで、主流に属するものとは言いがたい。これが最初に発表された舞台も婦人雑誌であったし、作者はある程度、読者大衆を意識して、いつもの三島文学の厳格無比な修辞を避け、平易な文体を心がけているように見受けられる。

（中略）

一篇の主題になっているのは精神分析で、（中略）あたかも推理小説のごときサスペンスをもたせて、一女性の深層心理にひそむ怖ろしい人間性の謎が、ついに白日のもとに暴き出されるまでの過程をじっくり描いている。よく出来た小説であり、エンタテインメントとしても上乗の作であろう。(1)

なぜ『音楽』が三島の作品系列のなかで「主流に属するものとは言いがたい」のか。その理由は「平易な文体」にこそあるが、一方でこの作品が精神分析を題材としている点も見逃すわけにはいかない。渋沢によれば、そのことでこの小説は「推理小説のごときサスペンス」としての性質を備え、「エンタテインメントとしても上乗の作」となっている。三島はエンターテインメント小説と目される作品をいくつか書いているが、それらが三島の「主流」でないことはいうまでもない。ただし、精神分析を題材とすることで、『音楽』は三島の作品系列のなかで主流に属するとはいいがたいものとなったが、精神分析そのものは三島にとって決して縁遠いものではなかった。

三島は一〇代のころより精神分析に慣れ親しんでいた。しかし、学習院中等科在学中にすでに「精神分析は飽きました」（一九四一年九月一六日付東健宛書簡）といい、それへの態度は終始批判的であった。『音楽』でも、三島は花井という登場人物に「精神分析学は、日本の伝統的文化を破壊するものである」（第二三章）と語らせている。

また、花井は「アメリカで精神分析がはやっている理由がよくわかりますね。それはつまり、多様で豊富な人間性を限局して、迷える羊を一匹一匹連れ戻して、劃一主義《コンフォーミズム》の檻の中へ入れてやるための、俗人の欲求におもねった流行なんですね」（第二四章）とも述べているが、これは精神分析に対する三島の考え方そのものである。安部公房との対談「二十世紀の文学」（「文芸」一九六六年二月）のなかで、三島はこう語っている。

フロイトの通俗化は、アメリカなんかでは、たいへんな通俗現象になっていて、一般社会が二十世紀になって人間が個性を失い、それから大きな機構のなかで、一つのファンクションになってしまう場合には、なんに脱出口を求めようとするかというと、まずセックスに求めようとする。そのセックスで社会から脱出しようとすると、行手に精神分析が立ちふさがっていて、お前はちゃんとした性的に正常な人間に戻れ、そうしてお前は社会的に適応のある、完全な成長をした性的なイメージをもちたまえというふうに強制してくる。そうすると、逆に、そういう分析学でもなんでも、つまり人間の自由をしばるコンフォミティーのほうに味方しているような形のたどり方をしていくのだね。

このように、『音楽』には三島が抱いていた精神分析への関心と批判が登場人物を通じて示されている。つまり『音楽』は、三島の作品系列としては傍流に位置していながら、以前より持っていた精神分析に対する自身の考えを披露した、きわめて三島らしい作品なのである。

ただ、このようにまとめてしまうと、何か重大な見落としをしているような気がしてならない。『音楽』が三島の作品系列の主流に属するものかどうか、あるいは三島らしい作品かどうかの検討は、どちらも三島由紀夫という小説家の存在を前提とするものであり、作家論的な文脈から一歩も足を踏み出していない。しかし、この小説に描かれている題材や問題意識を果たして三島固有のものと考えてしまっていいだろうか。なかでも注目したいのは、『音楽』の題材のひとつとなっている冷感症についてだ。冷感症は「異性に感じない」[2]（傍点原文）登場人物という三島作品の特徴に関連する重要なものであり、『沈める滝』（「中央公論」一九五五年一―四月）にも三島は冷感症の女性を登場させている。だが、冷感症を描いたのは何も三島ばかりではない。坂口安吾『戦争と一人の女』（「新生」一九四六年一〇月）、同『青鬼の褌を洗う女』（「愛と美」一九四七年一〇月）、武田泰淳『「愛」のかたち』（八雲書店、一九四八年一二月）など、冷感症・不感症を題材としたものは三島以外の戦後作家にもいくつかみられる[3]。とすれば、冷感症の問題は三島由起夫という作家の枠組みを超えて、戦後という時代との関わりのなかで考えられる必要があるだろう。このことに関して、山中剛史は次のような問題提起を行っている。

発表当時、作家は自らこの作品に言及する度毎にシュテーケルからの引用を繰り返し、特殊個別的な問題としてではなく、現代社会がいたりついた問題としての「冷感症」について述べている。主人公汐見の駆使する精神分析理論ばかりに目がいきがちであるが、当時作家が読者に示したこの作品の問題性を考えていくにあたって、（中略）この「冷感症」なるものが時代とどのような相関関係にあったのかを見ていく必要があろう[4]。

『音楽』が書かれた一九六〇年代という時代と冷感症との相関関係。そのことを考える際、おそらくもっとも重要なのが、この小説が「婦人公論」に連載されたという点である。石原千秋のいうように、「『婦人公論』を発表の舞台としたことは、この小説の性格をかなり深いところで決定付けているように思われる」[5]。では、当時の「婦人公論」は一体いかなる雑誌だったのか。戦後の「婦人公論」の展開を概観しつつ、同誌や時代との関わりのなかから『音楽』について考えていきたい。

二

「婦人公論」は一九一六年一月、中央公論社より創刊された。戦争のさなか、一九四四年にいったん廃刊するが、戦後の一九四六年に復刊。中央公論新社に発行所を移し、現在も隔週刊で続いている婦人雑誌である。

この雑誌は創刊時より「女性解放」を目標としており、「女性の啓発に努めるべくその任を自らに課し」ていたが、「戦後においてこの心意気はますます高[6]」かった。それが徐々に変化してくるのが戦後一〇年が経過して以降、一九五七年九月に嶋中鵬二が編集長に就任したころからである。

婦人公論の編集方針を定めるについてまず考えたことは、婦人公論はいまや、父嶋中雄作から受けつがれてきた婦人啓蒙の役割を一応果たしたということであった。たしかに女性は解放され、男女は同権となった。（中略）それゆえに、今まで、女性をしいたげられたものと見、男女の関係を加害者対被害者と見る見方は、すでに時代の若い女性たちの感覚に適さないことを、まず覚ったのであった。[7]

その嶋中を継いだのが、三枝佐枝子である。三枝は「一九五八年から六五年までの『婦人公論』の黄金時代に当たる七年間を、『婦人公論』が創刊されて以来初めての女性編集長として勤め[8]」た。正確な数は不明だが、「婦人公論」は「その在任中には発行部数四十万にせまる勢いをみせた[9]」という。

このころの同誌は周囲からどのようにみられていたか。次に引用するのは、一九六三年の渡辺一衛の文章である。

戦前「婦人公論」はごく一部の女子大出のインテリ女性の読む評論誌だった。それが戦後非常に読みやすい、くだけた感じの雑誌になった。(中略) 内容が易しくなる一方読者数はどんどん増加してきている。(中略) 読者層はインテリ女性からB・Gクラスの一般女性に移ってきている。しかしそれでも、地方の小都市、女教師や女子青年団の役員などが何か手ごたえのある雑誌を読みたいと思った場合、今のところやはり「婦人公論」しかない[10]。

また、このころの編集部では、一八歳から二五歳ぐらいまで、未婚、働いている女性、高卒以上、と読者層を理解していたらしい[11]。『音楽』に登場する弓川麗子は、「甲府市の素封家」の娘で「東京のS女子大学」卒、「一流の貿易会社の事務員」となって二年になる未婚の女性であるが（第二章）、大卒である点を除き、「婦人公論」の読者として想定されている右のような人物像に麗子がほとんどそのまま当てはまるのは、そうした読者層を三島が意識していたためだろう。

その「婦人公論」が戦前からもっとも熱心に取り組んだテーマのひとつに、性の問題がある。それは、「いったい性がタブー視されたり、性生活において夫婦の対等の立場がなくて、何の男女同権か、という思想[12]」を同誌が以前より持ち続けていたためであった。このような思想を背景に、戦後の「婦人公論」は女性たちもまた男性と同じように性に快楽を求めることを奨励し、女性の性欲を肯定した[13]。その性の描かれ方が同誌の編集方針の変更とともに徐々に変化していくのが一九五〇年代後半、やはり嶋中鵬二が編集長に就任した辺りからである。

記事における変化の一つは男性識者が女性の「性」を説くだけでなく、女性識者が男性やその「性」を論じるようになっていくことである。また、一九六〇年代に入ると『婦人公論』は専門家による性知識の紹介だけでなく、読者による性体験の「手記」の掲載を行い、後には「性の告白雑誌」とも呼ばれるようになっていく[14]。

このように、一九六〇年ごろの「婦人公論」では、男性ではなく女性、専門家ではなく読者によって、性の問題が語られるようになっていった。結果として起こるのは内容の通俗化である。そのことに関して、中尾香は次のような同誌読者の声を紹介している。

ひところ応募出版が多すぎてね、ちょっと辟易したわね。たとえばあまり赤裸々な記事が多い時があったのよ。(秋田Aさん)

セックスの記事が多くなった、それでもう買わなくなったの。『婦人公論』なんてね、買うのも恥ずかしくなったの。(中略)(京都グループOさん[15])

これらがいつごろの「婦人公論」を回想したものか、正確にはわからない。しかし、最初の発言にみられる「応募出版」は先の引用にあった「読者による性体験の「手記」」に該当すると想像され、おそらく一九六〇年代のことを述べていると思われる。嶋中鵬二が編集長だったころの「婦人公論」は「セックスを扱い男女関係を扱っても、いまの週刊誌のように下品ではな[16]」かったというから、以前からの読者には一九六〇年代の同誌はさぞかし低俗化したようにみえただろう。
だが、「読者による性体験の「手記」」は一部の読者の不評を買った一方、同誌の売れ行きを増大させた。先にも引用した一九六三年の文章のなかで、渡辺一衛は次のようにいう。

　ここでは近年の婦人公論の特徴と見られている、結婚外恋愛を扱った体験手記、いわゆる〝よろめき体験記〟だけに焦点を合せて、みることにしよう。手記がのらない月は明らかに売行が落ちるというから、この記事が読者の観心《ママ》を集めていたことはたしかである。一方、最近の「婦人公論」は堕落したという非難がでるのも、この手記がもとになっている。[17]

このような「手記」、なかでも読者から寄せられたそれを多く掲載することは、当時の編集長三枝佐枝子の方針だった。

　その編集態度の主な特色は、第一に、大胆な新企画をたて、それにともなって新人を起用し、また旧人に新しい分野を開いたこと、第二に、国際的視野にたつ記事を次々にとりあげたこと、第三に、手記、論文、調査その他、あらゆる面で読者に誌上参加の機会を大いに与え、女流新人を育てたこと、第四に、実用欄の大幅な拡充、第五に、文芸欄のまれに見る充実など、があげられる。[18]

確かにこのころの「婦人公論」を紐解いてみると、何らかのテーマの手記がほぼ毎月掲載されている。それらは必ずしも読者応募によるものではないし、性に関するテーマばかりでもない。しかし、この時期の手記の特色は、やはり性に関する読者応募手記にこそあっただろう。たとえば、一九六一年五月号掲載の「わが性の記録」。この特集について、三枝は「以前私が編集長になったばかりのときに「わが性の記録」という手記を募集したことがあります[19]」と述べている。先に触れたように、三枝が編集長に就任したのは一九五八年のこと。したがって、この特集が行われたのが「私が編集長になったばかりのとき」という三枝の回想は誤りである。単なる記憶違いといってしまえばそれまでだが、しかしわたしは、この特集が三枝にとって自分が編集長になったことを実感できる記念碑的なものであり、この時期の「婦人公論」を特色づけるようなものだったからこそ、右のような記憶違いが生じてしまったと理解したい。

松田ふみ子によれば「昭和三十六年から七年八年にかけて」、「特に手記特集の形で」掲載された「読者のナマの声」は、「多くの読者の共感を呼んだ[20]」。この共感の実例を、わたしたちは「婦人のひろば」と題された「婦人公論」の読者投稿欄にみることができる。

世に手記なるものは氾濫しています。週刊誌などに見る、デッチ上げや、トップ屋、あるいは編集者らの書いたいいかげんなウソの記事は、立ちどころに判明します。(中略) 本誌が長い間にわたって、当事者の、生々しい体験談を掲載しているのは、私たちの期待とよろこびを倍加させてくれます。今後もどうか真実の言葉を綴った手記を発表して下さい[21]。

右で注目されるのは、手記が「真実の言葉」とみなされている点である。「真実の言葉」だからこそ、手記は読者の心に響き、読者の「期待とよろこびを倍加させ」る。瀬戸内晴美もその点を手記の魅力として評価している。

手記は小説とはちがう。たとえ作家の書いたものでも、それを手記として書く場合、つい本音が出て、ナマの声がしてしまう。そして、たいていは、事のあった後、時間を経ないで書かれているため、とりつくろうゆとりもなく、いっそう真実に近いものになる。(中略)手記の持つ魅力は、書き手の心の裸の美しさにあるのではないだろうか。[22]

三

ところで、「婦人公論」と手記の関係を意識したとき、ただちに想起されるのが、同誌に連載された三島由紀夫の『音楽』が「手記」という形態を取っていたことである。

一九六五年刊の単行本冒頭には「汐見和順氏の『音楽』と題する、女性の冷感症の一症例に関する手記は、実名こそ伏せられておれ、全く事実に基づくものの由」という書き出しの「刊行者序」が掲げられ、それに続けて「汐見和順述／音楽／精神分析における女性の冷感症の一症例」と記された中扉が掲載されている。実は『音楽』にはテキストの問題があり、この「刊行者　序」や中扉は「婦人公論」連載時には存在していなかった。一九六四年一月号掲載の第一回目は、これらの前置きなく本文第一章から始まっている。

このことについて、山中剛史は「『音楽』という単行本は、いってみれば書物内書物とでもいうような体裁を持しており、初出時と比べ、この汐見の手記は本文以外の要素から作家によって改めて特定の読み方を指定されているといってよい[23]」と述べているが、その点についてはほぼ同感である。序によって、汐見の手記が「事実に基づくもの」であること、したがって読者はそれを真実の言葉として読む必要があるということが、「刊行者」より指示されている。読者はその指示を頭の片隅で意識しながらこの手記を読み進めていかなくてはならない。

また、山中は「婦人公論」連載時の「汐見の語りによる手記形式」から単行本出版時の「公刊された一医学徒汐見の臨床報告的な手記という体裁」への変化によって、『音楽』が「世に大小数多出版されている性的病理報告の一つとして提示され」ていることを指摘し、そのような変化はこの小説が「当時のあれこれの婦人雑誌の片隅に必ずといってよいほど幾頁かを占めていたセックス・カウンセリング記事と並列に位置づけられるような事態を作者にあらかじめ前提とされてしまっているといってよく、つまりこのことは麗子ケースが日常に埋もれた数多の記録の一つとして相対化されるということを意味していよう[24]」と述べている。麗子の症例が「現代社会固有の問題により（心身を含めた）性的不調を訴える多くの症例の一つであるとしてまず提示されること」で、「逆に、麗子ケースという個別例に限られない、三島が見据えていた時代固有の問題全体の持つ深刻さが際立たされて[25]」くるというのが山中の考えだ。

この小説に「三島が見据えていた時代固有の問題全体の持つ深刻さ」が示されているのは、山中の指摘する通りであろう。「作者にお伺いたします」（「マドモアゼル」一九六五年四月）というインタビューのなかで、三島は次のように語っている。

戦後二十年たつた現在、性の無力感がひろまりつつあるやうです。シュテーケル（心理学者）が、文明が進歩すればするほど、女性は不感症が、男性は不能者が増加する、といふイミのことを言つてゐますが、その徴候がじわじわ現はれてきてゐると考へます。それを背後に、この小説を組み立てました。

また、作中にも「シュテーケルは、現代は不能者の時代であり、文化的に上層に位する男の大部分は相対的に不能であり女の大部分は不感症だ、とまで言い切っている」（第七章）というように、シュテーケルへの言及がある。おそらく三島はシュテーケルの発言を参考に、不感症の女性、不能の男性を通じて、進歩した現代文明の歪みを『音楽』という小説に描こうとしたのであろう。「三島が見据えていた時代固有の問題」とは、その歪みにほかならない。

ただ、『音楽』単行本出版時に「刊行者　序」および中扉が付され、「汐見の語りによる手記形式」から「公刊された一医学徒汐見の臨床報告的な手記という体裁」へと変化させられた理由については、山中とは少し違う考えをわたしは持っている。

注目したいのは「刊行者　序」で、読者への注意として挙げられている二点目だ。そこには、「手記の内容があまりに常識を逸しており、正常な女性の生活感情からあまりにかけ離れているので、手記全体が荒唐無稽の創作と見做される惧れがあること」、「しかしわれわれは、これらがすべて事実に基づいていることを、いやいやながらでも承認せねばならないし、一旦承認した上は、人間性というものの底知れない広さと深さに直面せざるをえぬ」ことが記されている。こうした記述が、この作品が事実に基づくものであるという先入観を読者に与え、その読みを規制しているのは先に指摘した通りだ。

一方、この序が付されていなかった「婦人公論」の読者たちはこの作品をどう読んだだろうか。推測に過ぎないが、性に関する記事に見慣れており、また普段から手記を読んでいる同誌の読者たちは、汐見の報告する麗子の症例を、同誌のほかの記事を読む感覚で、事実に基づいた話として読んだのではないか。

汐見が冷感症という性の問題を取り扱っていることにも注意したい。山中が指摘していたように、当時の婦人雑誌には「セックス・カウンセリング記事」が頻繁に掲載されており、「婦人公論」の場合も同様だった。たとえば、このころの同誌には「愛の相談室」という人生相談のコーナーがあった。このコーナーは相談内容を性の悩みに限定していたわけではないが、『音楽』連載中の一九六四年五月号には「私は性的に不具なのでしょうか」という相談が寄せられている。これは、「セックス・カウンセラー」の肩書きを持つ人物が登場し、一九六四年三月号では「セックス・カウンセリング記事」の一例といえるだろう。また、誌面にはたびたび「セックス・カウンセラー」のひとり、松窪耕平が「毎日のように訴えられ、臨床的に、もっとも多いのは女性の不感症である」[26]と述べていることは留意されてよい。つまり、冷感症は『音楽』が連載されていたころの「婦人公論」でもしばしば話題となっていたのである。

こうした文脈のなかに置かれると、冷感症に悩む女性の症例を報告した『音楽』はリアリティーのある、きわめて自然な話にみえはしないだろうか。いわば、「婦人公論」という雑誌全体が、『音楽』という小説の真実性を保証しているのである。

ところが、そのような文脈から切り離されたとき、この小説は荒唐無稽な話にみえてしまう。そこで、「刊行者　序」が付され、「精神分析における女性の冷感症の一症例」と中扉で示されることによって、この話が現実にあった出来事を記録したものであること、したがって読者にもそのつもりで読んでもらいたいという指示が、この手記の「刊行者」によってなされるという設定に変えられたのではないかと思われる。そのねらいが読者の読みを規制することにあるのは、いうまでもない。「婦人公論」連載時には存在していなかった「刊行者　序」および中扉が単行本出版時に『音楽』に付されたのは、このような理由からだったのではないか。

## 四

前章で、「婦人公論」の読者たちは『音楽』をどう読んだかということに少し触れたが、一二ヶ月にわたる連載は同誌の読者たちにさまざまなことを考えさせたであろう。そのことについて、さらに掘り下げて検討してみたい。

まず、「婦人公論」読者たちは自分もまた冷感症ではないかと疑いながらこの小説を読んだ可能性があるだろう。高橋輝雄によれば、不感症は「原発性不感症」「続発性不感症」「機質性不感症」「仮性不感症」に大別できる。このうち、「仮性不感症」は次のような症状をいう。

厳密には不感症に入れるべきではないが、患者の訴えは多く、自己の性的知識をして不感症と思い信じているものであり、性経験が浅いうちから自己診断し不感症として悩むもので、現代では多いケースである。(27)

右の引用中の「現代」は一九八二年ごろを指しており、『音楽』が連載された一九六四年とは時間の開きがある。しかし、「性経験が浅いうちから自己診断し不感症として悩むもの」は以前より存在していたと思われる。

彼女たちは、果たしてどこから性的知識を得ていたのか。その最大の情報源は雑誌だったと考えられる。やはり『音楽』との時間的な隔たりはあるが、二〇〇一年の記事のなかで高橋淳子は「私って『不感症』かも……」と考える女性の「女性雑誌などに載っている体験談を読むと、もっともっと凄いのがあるような気がする(28)」という心中を紹介している。すでに述べたように、「婦人公論」には性に関する記事が多く掲載されていたのであった。それらを読みながら、自分がそこで紹介されている人々のように性的快楽を感じず、おかしいと思う者も少なからずいたであろう。やはり以前に言及した「婦人公論」掲載の「私は性的に不具なのでしょうか」という相談は、そのあらわれのひとつであるにちがいない。

次に考えられるのは、自分もまた冷感症ではないかと気にしながら『音楽』を読んでいた「婦人公論」の読者たちが存在する一方で、多くの読者は自分が冷感症でないことに喜びを感じながらこの小説を読んでいたであろうということである。婦人雑誌の読者について、清水哲男は次のように述べている。

婦人雑誌で見落としてはならない要素のひとつに、いわゆるハウトゥ的な実用記事に加えて、実話（あるいは、実話に取材したフィクション）をあげておかなければならない。（中略）実話のネライは「無名の主婦」の不幸を描写することによって、読者自身の問題にひきつけさせよう、と少なくとも名分的にはそうなのである。（中略）

けれども、ひるがえって読者の側からするならば、編集の意図はどうであれ、そこには自分ときっぱり無縁である一女性の哀話で十分なのだということがある。かりに、境遇的に主人公のそれと自身のそれとが似ているとしよう。そうした場合には、逆に似ていれば似ているほど、ここに書かれていることは私のことではない、という意識をもつことによって、読者はいわば幸福な状態に自己を位置づけることができるのである。[29]

ここで指摘されているように、「婦人公論」の読者たちもまた、汐見の報告する麗子の症例を読みながら、自分が冷感症でない幸福を噛みしめていたのではないだろうか。

『音楽』連載中、連動企画として「はじめて「音楽」をきいたとき」という応募手記特集が「婦人公論」で組まれている。選者はもちろん三島由起夫。その「体験手記募集」広告が一九六四年四月号に掲載されているが、興味深いのは「締切り迫る!!」として翌五月号にもほぼ同じ広告が掲載されていることだ。広告によると募集締切は四月一〇日。当時の「婦人公論」の発売日は七日だったから、締切三日前にも募集が行われていたことになる。まったくの推測に過ぎないが、わざわざ締切直前になって手記の募集を再度行わなければならなかったのは、このテーマへの応募がそれほどまでに少なかったためではないだろうか。ここには、冷感症の麗子に共感する「婦人公論」読者の少なさをみることができる。山中は「「音楽」とこの手記を併せ読む読者にとって、「冷感症」に苦しむ者は『婦人公論』読者にも多く存在し、その克服は切実たる現代的課題であると印象づけられることになっただろう[30]」と述べているが、事態はむしろ逆であり、多くの読者は自分とは無縁のこととして、冷感症について深く考えなかったのではないかと思われる。だからこそ、山中が「昭和三十九年から四十年の読者投稿欄に読者からのこの作品に対する投稿は一通も確認出来なかった[31]」と報告しているように、『音楽』に対する「婦人公論」読者からの反応はほとんどなかったのではないだろうか。

五

最後に、三島が「婦人公論」への連載小説にこのような題材を選んだ理由を検討して、本論の締めくくりとしたい。

まず確認したいのは、前章でも触れた「はじめて「音楽」をきいたとき」という応募手記特集である。「真実の教訓」と題されたその選評のなかで三島は「不感症は、戦後の性知識の過度の普及に対する、皮肉な反撃のように思われる」と述べている。ここであらためて思い出されるのは、「婦人公論」が性の問題を誌面で多く取り上げていたことだ。やはり以前に取り上げた「セックス・カウンセラーの悩み」において、松窪耕平は「女性の不感症には、男性のリードさえすぐれていれば取り除ける原因をもつケースが多い[32]」と述べていた。松窪のいう「男性のリード」には、心理面だけでなく技巧面におけるリードも含まれているだろう。それに異を唱えるかのように、三島は先の選評に「手記の中の多くの事例で、不感症は凝った性的技巧などで癒やされるものではなく、何か「自然の発露」というような形で、人間のもっとも柔軟な心の再発見というような形で、癒やされているのを知ることができる」と記している。おそらく三島は、人間の心理には繊細な部分があり、それは性の問題とも密接に関係していること、「技巧」だけでは解決しない問題があることを、性に関する記事にあふれている「婦人公論」の読者たちに伝えようとしたのだろう。少なくとも同誌が「戦後の性知識の過度の普及」に一役買っていたのは間違いない。

一方、『音楽』を読んでいて眼につくのは、どことなく女性を蔑視しているようにみえる汐見の記述である。たとえば、「このごろの新しい傾向として私が悩まされるのは、殊に女性に多いのだが、無用の告白癖、いわば精神的露出症とでも言うべきものを満足させるために私を訪れる患者が少なくないことである」（第一章）という記述は、女性の「精神的露出症」の多さを馬鹿にしているように読めるし、「あなたは、どういうわけか、強い男女同権の考えに涵されており、女の宿命をみとめようと」(第八章)しないという麗子への発言は、女性は女性らしくおとなしくしていろと語っているようにもみえる。明美に対する「この論理はいかにも女の論理で、メチャクチャというも愚か」(第一七章)という記述は、あからさまな女性蔑視である。石原千秋によれば、「精神分析には女性蔑視の思想がぬぐいがたくある」[33]という。したがって、右のような汐見の考え方には、当時の一般的な性差別意識に加えて、汐見が精神分析医であることも関係していると思われる。

その汐見は、治療の最中、麗子が又従兄弟の看病にあたるうちに「音楽」を聴いてしまったことに対して激しい屈辱を感じる。

まさか麗子がそんな状況で突然「音楽」を聴こうなどとは、思ってもみなかった。いわばもうちょっとのところで勝利を獲ると思った私が、今や、完全な敗北を喫したのである。(第一七章)

ここで汐見が感じているのは、医師としての敗北であると同時に、男性としての屈辱であるにちがいない。だからこそ、このとき汐見は「彼女の肉体の確証を得たいと思って焦慮を重ねて来た江上隆一の気持を、ひとごとならず感じはじめていた」(同)のである。「江上隆一の気持」とは何か。江上は「男性としての性的自負にすべてを賭けているような男」(第一一章)で、何も感じない恋人の麗子によって「この青年の矜りはずたずたにされていた」(同)。つまり、「江上隆一の気持」を感じ始めるとは、麗子という女性を男性であるみずからの手で征服したいという欲望を持ち始めるということである。汐見は麗子に男性的な欲望を感じ始めていたのだ。

汐見は治療の終盤、「さあ、言いたいことを何でも言ってごらんなさい」と麗子に促し、「尖らせた鉛筆をノート・ブックに突き立て」る（第三三章）。このことについて、石原千秋は次のように指摘する。

フロイトの精神分析を知っていれば、ペンがペニスの象徴だということは理解できるだろう。それが、この先の尖った鉛筆の意味していることだ。（中略）

フェミニズム批評の先取り――これが知的な女性への「挑発」だったのかもしれない。「これがあなたの喜んで読んでいる文学ですよ。あなたはこんな風にしてペニスを突き立てられたいのですか？」と。(34)

こうして麗子を征服した汐見は、みずからの欲望達成の証として手記をしたため、それを「婦人公論」に公表する。そのことを通じて、同誌を愛読するような「知的な女性への「挑発」」が行われているのだ。

以上をまとめてみよう。「婦人公論」に小説を連載するにあたって、このような題材が選ばれたことには、二面的な三島の意図が見出される。ひとつは、性知識や性に関する記事にあふれる「婦人公論」の読者たちに、人間には繊細で神秘的な精神が備わっており、そういうことを無視しては性の問題は語れない、ということを示す三島の意図である。この面からは、山中剛史がいうような「著者による『婦人公論』読者に向けた性心理に対する啓蒙的な意味合い(35)」がみえてくるだろう。

ただし、ここで注意しておかなければならないのは、「婦人公論」という雑誌自体が女性たちに

「女性解放」という概念を植えつける啓蒙的な目的を持っていたことである。ここには、三島の意図と「婦人公論」の目指したものの相関関係をみることができよう。

もうひとつは、石原が指摘している「知的な女性への「挑発」」としての意味合いである。実はこれも当時の「婦人公論」が目指していたものと合致している。『音楽』連載時の「婦人公論」編集長、三枝佐枝子は「基本的には嶋中前編集長の編集方針を受けつ[36]」いでいるが、その嶋中の編集方針には女性たちへの「一種のショック療法」や「女性ゆさぶり戦術[37]」があった。これらは『音楽』の持っている「知的な女性への「挑発」」としての意味合いと重なっている。つまり、ここにもやはり三島の意図と「婦人公論」の目指したものの相関関係をみることができるのである。

ところが、文学作品に限らず、作り手や情報を発信する側のねらいが必ずしもうまくいくとは限らないのが難しいところだ。『音楽』の場合、そうした三島や「婦人公論」編集サイドのねらいは、同誌の読者たちには十分に届かなかったであろう。そのことは、『音楽』と連動した応募手記特集への募集、および小説そのものに対する反応の少なさに端的に示されていると思われるが、どうであろうか。

注

(1) 渋沢龍彦「解説」、三島由紀夫『音楽』新潮社、二〇〇六年六月改版、二五七頁。

(2) 青山健「死美神の誘惑——三島由紀夫の精神分析小説『音楽』」、「愛知女子短期大学国語国文」

第一二号、愛知女子短期大学国語国文会、一九九六年三月、五八頁。
(3) 冷感症と不感症の違いは以下の通り。「冷感症は性欲そのものが何らかの因子により欠如している、もしくは押えられていることによる性感の否定、ひいてはオーガスムスのないものをいう。一方不感症は、性欲の存在を是定した上でのオーガスムスへの到達がなきものである」。高橋輝雄「不感症、冷感症」、「産婦人科の世界」第三四巻第一号、医学の世界社、一九八二年一月、三九頁。なお、本論では両者の用語を区別せず用いている。
(4) 山中剛史「三島由紀夫「音楽」への一視点」、「芸術・メディア・コミュニケーション」第二号、日本大学大学院芸術学研究科、二〇〇三年一二月、一―一二頁。
(5) 石原千秋「否定的な自己肯定　三島由紀夫『音楽』」『あの作家の隠れた名作』PHP研究所、二〇〇九年一一月、二〇八頁。
(6) 古河史江「戦後『婦人公論』における「女性解放」論――一九四六年~一九五五年――」、「歴史評論」第六三六号、校倉書房、二〇〇三年四月、七〇―七一頁。
(7) 松田ふみ子『婦人公論の五十年』中央公論社、一九六五年一〇月、二三一―二三二頁。
(8) 中尾香『〈進歩的主婦〉を生きる　戦後『婦人公論』のエスノグラフィー』作品社、二〇〇九年三月、七一頁。
(9) 近藤信行「三枝佐枝子」、『時代を創った編集者101』新書館、二〇〇三年八月、一六一頁。
(10) 渡辺一衛「女性のなかの二つの近代――「女性自身」と「婦人公論」――」、「思想の科学」第一一号、思想の科学社、一九六三年二月、七六―七七頁。なお、「B・G」は和製英語business

girlの略で、今でいうＯＬのこと。
(11)　今井田勲・三枝佐枝子『編集長から読者へ』現代ジャーナリズム出版会、一九六七年一二月、二〇四―二〇五頁参照。
(12)　同右、一七〇頁。
(13)　古河史江「戦後『婦人公論』における「性」の知識――一九四六年から一九五六年のセクシュアリティ分析――」、「女性史学」第一六号、女性史総合研究会、二〇〇六年七月、三七―三九頁参照。
(14)　同右、四一頁。
(15)　中尾香、前掲書（8）、二二九―二三〇頁。
(16)　粕谷一希「回想の中央公論社　第三回　婦人公論・思想の科学時代」、「アステイオン」第四八号、一九九八年四月、ティービーエス・ブリタニカ、二七一頁。
(17)　渡辺一衛、前掲文（10）、七七頁。
(18)　松田ふみ子、前掲書（7）、二四〇頁。
(19)　今井田勲・三枝佐枝子、前掲書（11）、一七〇頁。
(20)　松田ふみ子、前掲書（7）、二五〇頁。
(21)　白浜秀子「手記特集「女の歴史」に寄せる」、「婦人公論」中央公論社、一九六四年二月、二九〇頁。
(22)　瀬戸内晴美「解説」、『愛の現代史5　愛と情熱の未来』中央公論社、一九八四年一〇月、三〇五頁。
(23) 山中剛史、前掲文(4)、三頁。
(24) 同右、同頁。
(25) 同右、同頁。
(26) 松窪耕平「「詐術の医師」と言われようとも」、「婦人公論」中央公論社、一九六四年三月、一九八頁。
(27) 高橋輝雄、前掲文(3)、四一頁。
(28) 高橋淳子「「不感症かも」症候群」、「AERA」第一四巻第五号、朝日新聞社、二〇〇一年一月二九日、二三—二四頁。
(29) 清水哲男『現代雑誌論』三一書房、一九七三年四月、四八—五〇頁。
(30) 山中剛史、前掲文(4)、二頁。
(31) 同右、一一—一二頁。
(32) 松窪耕平、前掲文(26)、一九九頁。
(33) 石原千秋、前掲文(5)、二一八頁。
(34) 同右、二二三—二二四頁。
(35) 山中剛史、前掲文(4)、四頁。
(36) 松田ふみ子、前掲書(7)、二四〇頁。
(37) 同右、二三二—二三三頁。

※三島由紀夫『音楽』は初版本（中央公論社、一九六五年二月）を、「真実の教訓」は「婦人公論」一九六四年六月号を、それ以外の三島の文章は『決定版　三島由紀夫全集』全四二巻、補巻一、別巻一（新潮社、二〇〇〇年一一月―二〇〇六年四月）を本文とした。引用に際し、一部を除いてルビは省略した。

佐藤泰正

# 三島由紀夫とは誰か

## ――その尽きざる問いをめぐって――

### 一

三島のあの劇的な死の問いかけるものは何か。師と仰いだ川端と、あなたの作品は嫌いだと本人の面前で言い切った太宰と、そうして三島自身と、この三者の自決をめぐる謎を結びつけるものは何か。その華麗に修飾された文体も、ひと皮めくれば何が見えて来るのか。またその国家観、国体観とは何か。問いは尽きないが、そのいくばくかに迫ってみたい。

以上はあらかじめ、この講座の内容の紹介として書いた要旨だが、以下いささかその内容の仔細にふれてみたい。当然ながら綿密な作品分析よりも、作品ならぬ、その背後にひかえる、いまひとつの作家というテキストの内面に迫ってみることとなろう。まず三島の場合はどうか。次に揚げるのは新聞連載で多くの作家、詩人の印象をとりあげたもののひとつだが、短文ながら私の三島観のすべては、ほぼこれに尽きると言ってもよかろう。

三島由紀夫に会ったのは、というよりも見かけたのは、先にもふれた大岡（昇平）さんに誘われての観劇。中村光夫の戯曲『汽笛一声』の楽の日のことで、たしか昭和三十九年晩秋のある日だったと思う。そこには作者の中村さんをはじめ、演出の福田恒存、小林秀雄、三島由紀夫の姿があった。幕間のロビーでとりとめもない役者の評判などに花が咲いていたが、この時の三島の印象は忘れがたい。

意外なほどに小柄な体を包む、いかにも芸能人っぽい白のスーツ、赤味のさした顔、その苛立つような身ぶり。このギラギラがくせものだったとは、数年後の死にして思い知らされたことだ。

三島自身、自分の内面を最もよく語ったものは、長篇の自伝的エッセイ『太陽と鉄』だというが、そのなかで「〝武〟とは花と散ることであり、〝文〟とは不朽の花を育てることだ。」「そして不朽の花とはすなわち造花である」と語っている。その彼が晩年のあるパーティで開高健に、あなたの文体はしばしば「ホンコン・フラワーになってしまう。精巧そのものだけれど何かしらニセモノになってしまう」と言われ、怒るどころか「それは私の根本的なコンプレックスなんだ」と低く答えたという。これは私の好きな挿話だ。三島への違和感をやわらげてくれる何かがある。彼を追いつめたものが何かは明らかであろう。これはまた芥川自身の問題でもあった。昭和二年の芥川の死。二十三年の太宰の死。そうして四十五年の三島の死と、歴史はほぼ二十年で一サイクルをめぐるというか、まさにその周期に応ずるごとく彼らの象徴的な死があった。小林秀雄は三島の『金閣寺』を評して、これは小説ではない詩だ。君がここで描いているのは主人公の「コンフェッション（告白）の主観的意味の強調だ」。これではドラマは成立せず、生まれるのは一篇の「抒情詩」に過ぎぬと批評している。（対談『美のかたち』）。

これはまた太宰にもあてはまる。芥川を加え三者に共通するものは過剰な自意識と、内面の救いがたい空虚感と、他者の不在であろう。晩年最後の大作『豊饒の海』は、そのすべてを語る。すでに学生時代に一冊の詩集を考え、その題名は『豊饒の海』。これは月の世界の空虚な海、からっぽの海のことだという。その彼が最も畏れ、またあこがれたものが生の混沌、また根源を意味する〈海〉であり、その〈海〉への恐れとあこがれ、また不在の認識が、すでに十六歳の処女作『花ざかりの森』に語られていることは、いかにも興味深い。

さて、ここでふれなかったことで、いまひとつ述べておきたいのは小林秀雄と三島のことである。十六歳の時ドストエフスキイにふれ、忽ちドストエフスキイかぶれとなったが、やがてドストエフスキイを論じては最高と言っていい小林秀雄の世界にはまり込んでゆくことになった。戦後再び『罪と罰』や『白痴』を論じた小林さんが、何故か代表作ともいうべき『カラマゾフの兄弟』論を未完のままにしていたのは、私のかねてからの深い疑問だったが、幸い眼の前に小林さんがいるではないか。そこで仲間からちょっとはなれた所に佇っていた彼に、かねての疑問をぶっつけてみた。

何故あの大事な『カラマゾフ』の問題を残しているのですかと訊くと、ニコニコしながら「考えがどんどん変わってゆくからねぇ。まぁ読む人がそこに何かを感じとってくれれば、それでいいんです」とおっしゃる。きっぱりした答えが聞けなかったのは残念だったが、同時に、なるほどこれがやっぱり小林さんだと思ったことだ。

結論がはじめからあって書く人じゃない。疑問があるから書きはじめる人で、考えが行きづまればやめればいい。これが持論で、そう言えば未完の『感想』と題した大作、ベルグソン論も随分長く書き込んだ上で、もう駄目だということで投げ出されている。さらには長い空白期間をおいて最後に短章を書き加えて終った第二の『白痴』論も、やはり未完の打ち切りだというほかはない。また最後の『正宗白鳥の作について』も病気で倒れ、文字通りの終りとなったが、これは作中ふれたフロイトからユングへと書き進んだそのなかば、ユングが『自伝』の仕事になやみ、追いつめられ、この仕事の協力者であったアニエラ・ヤッフェもまた「追いつめられ」、その「解説」を「心の現実に常にまつはる説明し難い要素は謎や神秘のまゝにとゞめ置くのが賢明」という所で終っている。ペンをとめたのはヤッフェならぬ小林自身であり、未完の絶筆はここで終っているが、これはいかにも象徴的であろう。表現しえぬ部分は「謎や神秘のまゝにとゞめ置くのが賢明」だという言葉と対面した時の小林がここでひとまずペンを置いたということは、彼自身の内面を象徴して余りあるものがあろう。

こうした文学観を持った小林の眼に、三島の作品がどう映ったかは明らかであろう。小林とは逆に三島は作品（特に戯曲など）の最後の言葉が決まらなければ、ペンを執ることはできぬという。いかにも明晰に華麗な作品世界を構築しようとする三島らしいが、これは小林とは全くあい入れぬ世界というほかはない。さらに小林は、先にもふれた言葉の出て来る『金閣寺』論の中で、あれを小説ならぬ抒情詩というのは、つまり「小説にしようと思うと、焼いてからのことを書かなきゃ、小説にならない。つまり現実の対人関係というものが出て来ない。対社会関係も出て来ない」。「君のラスコリニコフは、動機という主観の中に立てこもっているのだから、抒情的には非常に美しい所が出て来るわけだ」。しかし「ラスコリニコフには、殆ど、動機らしい動機は書かれていない。やっちゃってからの小説だ」。ところが「君のは、やるまでの小説だ」。これに対して三島は「本来は動機なんかないんでしょうね、ああいうことをやるやつ」と言っている。小林はさらに、とにかく「ぼくはあれは小説だと思わないんだ」と言い、「ええ、ええ、わかります」と三島は答える。ここには反論のかけらもない。あの開高健の文体批判に対すると同様、さっぱりとうなずくだけである。ここには開高健の場合と同様、自分の本体を見ぬかれた三島自身の鋭敏にして真率な反応があると見てよかろう。

さすがに小林は三島本来の自己中心的なモチーフの所在を見抜いていた。三島は対談中で主人公をめぐる資料は色々調べたが、「現実的には大した動機はなかったらしい」。いつの間にか本来の寺院ならぬ観光寺と化した環境の中で、自分は冷飯を食わされて、上に立つ「住職の因業」の下で「自分の青春は台なしになってしまった」という。こんな程度のことで「大した動機はなかったらしい」。「本来は動機なんかないんでしょうね、ああいうことをやるやつ」はとも言っている。すでに三島はこの事件をになう現実の主人公の悩みなどではなく、己れの戦後社会の浅薄な皮相な流れに対する批判を込めて、自身の裡なる切実な理念を展開しようとしたもので、小林の言葉通りやはり散文的現実への目配りならぬ、己れの〈夢〉や〈志〉を語りとった一篇の〈抒情詩〉を仕上げたというほかはあるまい。これは私も最初から全く同感で、三島の死後の早い時期に頼まれた一文の中で、自分は次のように読みとっている。

## 二

永遠にして不壊《ふえ》なる美の象徴ともいうべき金閣は、この作の主人公にとって、あの戦争下にあっては一体のものでありえた。金閣も自分もいつ焼け滅んでしまうかもしれぬという終末感のなかで、その心の深いおののきとふるえのなかで一体たりえた。しかし敗戦によって解放された、いわばアメン棒のように伸び、拡散した時間のなかで、金閣はもはや彼の近よりえぬ絶対の存在となってしまった。彼は金閣を焼くことによって（いわば戦後社会に火を放つことによって）、再びあの喪われた「時間」を、魂の充実を、得んとする。しかし燃えあがる金閣のなかに飛び込もうとして、かたい扉に拒まれる。彼は最後に、炎上する金閣を遠くに見遥かす山頂に憩いつつ、煙草に火をつけ、「生きよう」とねがう。

この要約はいささか大雑把だが、私はこの作の主人公のみを語っているのではない。この作者の心情に、思想にふれようとしているのだ。ここには生活と芸術の、あるいは文学と行動の、二元的な世界の緊張を踏まえた、すぐれた意識と方法がみられる。その二元の緊張、あるいは矛盾が、この作のはりつめた文体を、あるいは内実を、見事に支えているといってよい。しかしこの二元の間《かん》の緊張は、やがて三十五年の安保の時期を境として崩れはじめる。ロマンチストにして、またすぐれたナルシストたる彼は、やがて作品の世界に自らを燃やしつくすことのみに飽き足らず、自己をこの人生、あるいは世界という舞台の主人公として燃焼せしめようとする。こうして彼、日本浪曼派の末子、あるいは申し子として出発したその母胎の世界へと再び回帰してゆく。彼の死は、こうした彼のいわば本卦返りであり、それなりの彼の美学あるいは理念の、見事な完結ともいえよう。

いま、これを再び作品とかさねて言えば、どうか。同じ小林との対談の中で、どうして「死ぬまで書かなかった」のか。「どうして殺さなかったのかね」と言われて「あれは殺しちゃったほうがよかったんですね」と三島は答えているが、そうすると、終末の「生きようと私は思った」という主人公の言葉の持つ意味は重い。これを作者に重ねて言えば、彼（作者）は生きえたか。これも先にふれた拙文の続きを引けばこうなる。

彼は再びみずからの「才能の魔」（小林）をもてあましながら、そのしいられた道をたどる。『豊饒の海』という虚と実と、明暗二双の、きわめてアイロニカルに作者自身と立ち向かう訣別の作を遺して、彼は再び、金閣ならぬ壮大な廃殿の扉を押しひらかんとした。渾身の力を込めて――扉はひらかれ、彼を呑んだ。彼の死はついにその大願成就というほかはあるまい。まったく、ひとりの熱烈な傾倒者、ひとりの女流作家のように――「あの人は、そうしたかった。そして、その通りにした。だからそれでいいのだ」（吉田知子）と言うほかはあるまい。

　こうしてその壮烈な自決の印象については、共感はもとよりまた数々の批判もあった。しかしこれをどうして簡単に論評して片付けてしまうのか。ここでもあの小林の未完の最後の言葉がひびく。「心の現実に常にまつはる説明し難い要素は謎や神秘のまゝにとゞめ置くのが賢明」という言葉が重くひびく。自身の文体や作品自体の矛盾や欠落を、あれほど鋭く自覚していた三島の、あの壮烈にして華麗とも見える自決のドラマが、彼自身にどう見えていたか。これは稚い行動とも見えようが、自分の夢はどんどん少年時代の原点に向かって進む。これはもうどう止めるすべもないとは、彼の数ある対談の殆ど一番最後で、ある評者に語った言葉として遺っている。この三島の内面を見通すごとく、これを軽々しく論ずることは出来まい。ただそこには「何か大変孤独なものが、この事件の本質にあるのです」（傍点筆者。以下同）という小林の言葉は、やはり三島のすべてをつらぬくものとして、我々の心に深く残るものがあろう。

　さて、ここで次には三島の太宰観にふれる所だが、やはりただひとつの『金閣寺』批判としては、あの水上勉の『金閣炎上』なる一篇を避けることはできまい。私はある切迫した事情があって、担当者の突然の不在を補うために、わずか三ヶ月ばかりの間に水上勉の文学の本質についてふれよという依頼を受け、未読の傑作、長篇『一休』やその師宇野浩二を語る評伝（『宇野浩二伝』）などの大著まで読み尽くして行くうちに、この無類の語りの名手ともいうべき作家の一篇『金閣炎上』にふれ、その一切の語りの妙味を捨てて対象に立ち向かう、ただならぬ作家としての真摯な努力にうたれたものであった。この『金閣炎上』の何たるかを語るものとしては、その箱書きとして裏面に書かれた端的な一文に、短文ながらすべては言いつくされていると言えよう。

「昭和二十五年七月二日早暁、金閣は焼亡した。放火犯人、同寺徒弟、林養賢、二十一歳。はたして狂気のなせる業か、絢爛の美に殉じたのか？　生来の吃り、母親との確執、父親ゆずりの結核、そして拝金主義に徹する金閣寺への絶望……。六年後、身も心もぼろぼろになって滅んだ男の生と死を見つめ、足と心で探りあてた痛切な魂の叫びを克明に刻む問題小説」――以下この長篇について評述する余裕はないが、自身福井県の貧村に生まれ、口べらしのため九歳で京都、臨済宗相国寺の徒弟となったが、住職の破戒に仏門への幻滅を感じて脱走したことは、その出世作『雁の寺』などにも描かれているが、以後脱走をくり返し七年余りの僧院生活に訣別する。これらの実体験は、この『金閣炎上』の中でも林養賢の不安や苦悩とかさなり、金閣炎上後の調書や供述書その他、手に入る限りの資料を駆使して主人公と事件の全貌を再現せんとする。語りの名手としての技法や主観の混入を排し、資料そのものに語らせせんとする、この姿勢は何か。我々はこの作品が一個のきびしい〈倫理の書〉であることを忘れてはなるまい。伽藍仏教の形骸化と頽廃を批判し糺問することを久しい作者が、材を金閣放火の事件にとって積年の課題を問いつめんとしたのがこの一作ではなかったか。養賢の出自にまつわる父の病死、母との違和、吃音者でもあったが故の鬱屈と裏側から見た伽藍仏教の頽廃と観光化した大寺院の腐敗を衝き、分けても「金閣寺の混乱」に悲劇の根因があったのではないかと問う。恐らく『金閣炎上』完成直後かと思われる時期、永平寺管長秦慧玉氏との対談中（「永平問答」）、水上氏は繰り返し「立ち向かうようではございますが」「逆らうよう」ですがと言いつつ、今日の伽藍仏教の矛盾を痛烈に糺問する。しかし作中、作者が立ち向かわんとしたものは、ひとり寺院の腐敗、顚落のみではあるまい。養賢母子の悲劇をしるしつつ、作者はそこに宿業ともいうべき人間の出自と風土にからむ生の実相を彫り込まんとする。そこにみずからの出自を重ねた怨念が重ね合わされていなかったはずはあるまい。つまりこの作品自体の背後に見る、この風土の辺境に生きる農民達の貧苦の実態であり、他者の生活苦の数々の痛みへの想いである。

いまこれを三島の世界と比較すれば、両者の隔差は歴然たるものがあろう。尠くとも三島の眼には貧苦や生活苦にあえぐ、庶民的な他者の痛みへの眼はない。その意味では、先にもふれたごとく『金閣炎上』を一篇の〈倫理の書〉とみれば、三島にこれは欠落する。たとえば「三島由紀夫への質問」と題したある文芸雑誌のアンケート（昭38・12）の中で「歴史上で好きな男性」とはと問われ「二・二六事件の将校たち」と答えていることはいかにも分かるが、彼らが時代の変革への切迫した願いとしてかかえていた背後の、彼ら出自の背景として生きる農民たちの生活苦への想いは、明らかに三島の中では欠落している。三島における倫理観として、武人的捨身への共感はあっても、それ以外のものはない。以下ふれる、あの滑稽なまでの太宰批判の裏側にあるものもまた、これと無縁ではあるまい。尠くとも太宰という作家のかかえた内面の矛盾や痛みは一切ふれられてはいない。

## 三

ここで太宰との比較となるが、先にもふれた、あの太宰の面前での私はあなたの作品が嫌いですと言い切った、これはあまりにもよく知られる周知の場面で、太宰が『斜陽』を書き終えた昭和二十二年の秋の頃と思われるが、これをさらに強調したものとしては『小説家の休暇』という日記風のエッセイの一節、昭和三十年六月十三日の所で見る、いささか幼稚とも滑稽ともみえる一文中の太宰批判である。先ず私の太宰の文学に対する嫌悪は猛烈なものだと言い切って、「この人の顔」も「田舎者のハイカラ趣味」もきらいで、「女と心中するならもっと厳粛な風貌をしてゐなければならぬ」、作家として「弱点だけが最大の強味となる」ことぐらい分っている。しかし「どうにもならない自分を信じるといふことは、あらゆる点で、人間として僭越なことだ」。太宰の性格的欠陥などは、「冷水摩擦や器械体操や規則的生活で治される筈だ」。文学でも「強い文体は弱い文体よりも美しい」。「強さは弱さよりも佳く、鞏《きょう》固な意志は優柔不断よりも佳く」「征服者は道化よりも佳い」。「その不具者のやうな弱々しい文体に接するたびに」、何かあれば「すぐ受難の表情をうかべてみせたこの男の狡猾さである」という。最後は「セルヴァンテスは、ドンキホーテではなかった」という一語を書き付けている。

以上いささか長い引用を試みたが、これは太宰批判と見えて、裏を返せば実はしたたかな三島自身の自己肯定の強調であり、その倫理観なるものの狭隘さとさえ言いたいほどの限界を示すものであろう。これを裏付けるものは皮肉にも、この同じ作中（『小説家の休暇』）の八月三日の項に見る『葉隠』の示す倫理観への共感である。戦争中から読み出したものだが、折にふれ読みつつ心うたれるものがあるという。これは「いかにも精気にあふれ、いかにも明朗な、人間的な書物」であり、『葉隠』ほど、道徳的に自尊心を解放した本はなく、武勇と云ふ事は、我々は日本一と大高慢にてなければならず」「武士たる者は、武勇に大高慢をなし、死狂いの覚悟が肝要なり。……正しい狂気といふものがあるものだ」「かくて（山本）常朝が、『武士道といふは、死ぬ事と見付けたり』といふとき」、そこには独自の「自由と幸福の理念が語られてゐるが」我々は今、このような理想国の住人ではない。ただ『葉隠』の語り手、常朝は「行動の原動力としての心しか信じなかった」「そこでもし外面が、内面を裏切るやうな場合があれば、告白を敢てするよりも粉黛を施したほうが正しい」「武士は、仮にも弱気のことを云ふまじ。すまじと心がけるべきで」あるという。人生の究極に「自然死を置くか、『葉隠』のやうに、斬り死や切腹を置くか」「大した逕庭がないやうに思はれる」が、しかし死がやって来たとき行動家と芸術家にとって、どちらが完成感が強烈であらうか？」。思うに「ただ一点を添加することによつて瞬時にその世界を完成する死のほうが、ずつと完成感は強烈ではあるまいか」という。

以上、いささか長い引用とはなったが、すべては先の太宰批判の裏返しであり、太宰批判や『葉隠』への共感を含めて、すべては三島の倫理観、さらには死生観の何たるかを見事に語るものであろう。彼は明らかにその人生の終りに強烈な完成感を求めて、それが彼のあの劇的自決を生んだのではないか。さらに言えば彼は太宰を批判してセルヴァンティス云々を語ったが、彼自身の行きつく所は皮肉にもセルヴァンティスならぬ、そこから抜け出たドンキホーテの夢を果たそうとしたのではなかったか。

いずれにせよ『葉隠』を強く生き抜く人生のすべての規範とした彼にとって、他者の痛みや矛盾、たとえば太宰の場合ひとつとっても、その内面の痛みや願いはついに汲みとられていなかったのではないか。

そこで、三島と逆に太宰にとっての真の男らしさとは何か。これは最近、吉本隆明が学生時代に太宰に会った時、真の男らしさとは何かと言えば、〈マザーシップ〉だよと言った言葉にいたく感銘して、いくたびかふれているのが眼につくが、すべての人間の矛盾をそのままに、おおらかに包みとる〈マザーシップ〉こそ真の男らしさだという。この太宰の言葉は三島と違って、人間自体の矛盾や痛みをそのままに包みとってくれる母親的愛情への太宰自身の願望を語ると共に、人間の倫理の究極がどこにあるかを語るものでもあろう。

また太宰の没後、太宰の何たるかを語る時、三島自身、果たして彼の遺した言葉や作品の何が見えていたのか。たとえば最後の『人間失格』と並行して語った『如是我聞』で文壇の大御所ともいうべき志賀直哉にかみつき、お前たちのいう〈愛〉とは、己れの周辺によりそうものたちへの〈愛撫〉に過ぎないのではないかと言い、あの芥川の生涯をつらぬく「日陰者の苦悶」「聖書」「敗者の祈り」といったものが見えていたのかと言い、この一文は「反キリスト的なものへの問い」として語ったものだとさえいう。この太宰の死を決した声の切迫は、果たして三島には聞こえていたのか。太宰をつらぬくその生涯の強弱の矛盾は、たとえばこの『人間失格』と『如是我聞』の両者を串刺しにして読む時、はじめて見えて来るものではないか。

三島の場合とは違って、ついに太宰の生身の姿にふれえなかったのは残念だが、学生時代からの友人で、今は亡き泉鏡花研究家の村松定孝は、学生時代太宰を訪ねた時、聖書を読んでいるかと問われ、思わず読んでますというと、そうかそれはいい、さぁ飲みに行かうと誘われたという。どうしてその時、自分も誘ってくれなかったのかと今は残念だが、太宰が一時感動して読んでいた内村鑑三のことやその弟子塚本虎二の『聖書知識』を愛読していたことはよく知っていたが、その塚本の丸の内のビルでやっていた聖書集会にしばらく通っていた自分としては聞きたいことは山ほどあり、今はただ残念な想いというほかはない。

## 四

さて最後は三島の師でもあった川端にふれることになるが、これは幸いにも学生時代に一度会うことができた。同人誌仲間の、北条誠の処女出版『春服』にすばらしい序文を寄せられた、その川端さんを迎えた出版記念会で、とにかく川端さんのまわりには友人の妹たち、美少女たちを揃えて迎えると、我々には眼もくれず、すっかりごきげんの上首尾だった。実はある席で新聞社学芸部OBの方から聞いた話で、『雪国』映画化の時、岸恵子、池部良など出演者が打合せの挨拶に行くと、川端さんは男どもには眼もくれず終始、岸恵子の手を握っていたくごきげんだったという。そこで先の学生時代の印象も披露して大笑いになった。ただ先の会の時、自分にも北条君にもいやな所がある。それをどう始末するかが問題だと言われたのが、妙に心に残っている。これも忘れがたい記憶だが、いずれにせよ、この時の川端さんの印象はつよく残っている。

さて、川端の名作といえば、我々は直ちに『雪国』や『山の音』などを挙げたくなるが、山本健吉は自分の好きな作品を三つ挙げれば、『十六歳の日記』と『伊豆の踊子』、さらには『名人』となるという。これは私も全く同感だが、『十六歳の日記』を川端文学の原点としてとりあげられたのはさすがである。川端は稚くして父母を失ない、やがて姉も亡くなり全くの孤児となって、ひとり眼も見えず病いの床にいる祖父の世話をすることになる。夕方学校から帰って来ると、待ちかねたように「ししやってんか、ししやってんか。」と叫ぶ。溲瓶《しびん》をあてがつてやると、「『ああ、ああ、痛《い》た、いたたつたあ、いたたつた、あ、ああ。』おしつこをする時に痛むのである。苦しい息も絶えさうな声と共に、しびんの底には谷川の清水の音。／『ああ、痛たたつた。』堪へられないやうな声を聞きながら、私は涙ぐむ。」これは冒頭の一節だが、このような簡潔な文体が五月四日から十六日まで続いている。少年時とはいえぬ生きた文体で、ひとは早熟の才を指摘してくれるが、才能の問題ではない、ただ自分は、写生に徹したものだと言い切っているが、病苦や貧苦にあえぐ人生を張りつめた文体でえぐりつつ、その底にあの清冽な〈清水の音〉をひびかせているのは、文字通りその文体の、引いては川端文学自体の精髄の何たるかを語ったものであろう。これは後の名作『名人』などにも一貫するものであり、材を第二一世名人本因坊秀哉名人の引退碁と、その死をめぐる周辺の逸話をとりあげつつ、一切の技巧的粉飾を排し、写実的記録に徹しつつ、ここでこの名人に対するただならぬ畏敬と愛着の念を漂わせている。ここにも作品の底を流れるあの清冽な〈清水の音〉をにじませているのは、文字通り川端文学の原点の何たるかを語るものであり、彼が最初の出版として名作『伊豆の踊子』とこの『十六歳の日記』とも抱き合わせて収録していることも故なきことではあるまい。『十六歳の日記』を彼の人生の何たるかを読みとり、これを活写せんとする原点とすれば、『伊豆の踊子』もまた、川端文学の一作品がまさに作者の人生の、彼が求めた生の核心の何たるかを語る、いまひとつの原型ということができよう。

川端が二十歳の学生時代、ひとり孤独な自分をかかえて伊豆の旅をする。そこで知り合った若い踊子たち一行とのふれ合いの中で、何を汲みとったかを虚飾を捨てた、淡々たる文体の中に見事に書き切った名作であり、彼はこの一篇が後世に残ればあとは何も要らぬとさえ言い切っており、彼の捨て切れぬ〈孤児根性〉を素朴な愛と人情の中に救いとってもらえた、終生忘れえぬ体験を語ったものである。「いい人ね。」「それはさう、いい人らしい。」「ほんとにいい人ね。いい人はいいね」という、後から来る踊子たちの声が聞こえ、孤児根性で歪んでいた自分には「言いやうもなく有難いことだつた」という。船に乗り込んで、ひとり帰京することになるが、理由もなく涙があふれ、自分のかたわらの少年の学生マントに包まれながら、どんな人の親切もそのまま受け入れられるような「美しい空虚な気持」となり、「涙を出委せにしつつ、頭が澄んだ水になつた」「それがぼろぼろ零れ、その後には何も残らないやうな甘い快さだつた」という。この末尾の言葉を読むと、作者自身の何の粉飾もない言葉の流れの中に、自分自身というものの存在を、そのままにゆだねている文体の、見事な甘美さが感じられて来る。

これは彼の青年時代につかんだ得がたい体験を語るもので、〈孤児根性〉のかたまりで生きて来たという、彼の得がたい体験をなんの飾りもなく見事に写しとったもので、文学にこれ以上の何が要ろうという彼の真率な感情があふれ、これが彼が何よりも若い少女や女性たちにあれだけ、臆面もなく癒しを求めた原点も、このあたりにあったと見ることさえ出来よう。

さて、この若い女性との絶えざる同伴に癒しを求める川端の志向が、逆に運命の反転を生んだことを興味深く語ってみせたのが、臼井吉見の『事故のてんまつ』と題した、興味ある一巻の語るところであろう。もはや紙数も尽きて簡単にふれるほかはないが、川端がたまたま知った地方の庭師の縫子という娘を熱望して自分の秘書のようにして傍に置く。この先生の「気持ちのわるいほどの執着ぶり」は何だろうと思いつつも懸命に働く。この女性自体を語り手に仕立てて書いた作品だが、何処へ行くにも自分に運転を任せ、約束の期間も半年是非のばしてくれと切望する。くり返し延期を頼まれついに耐え切れず、さらに半年の延期をと切望されるのを押し切ってことわる。こうしてその後間もない時間に、ひとりで出かけた川端の仕事場のマンションの一室で、ガス管を銜えた自殺の死体が見つかる。その暮れがた、勝手場で働いていた自分の傍に来た奥さまが、自分の耳もとに口を寄せて「縫子さん、あなたが承知していてくれていたら、先生は死ななかった。わたしはそう思う」と小さい声でささやかれたという。これはモデルとなった実在の人物から作者の臼井吉見が聞きとった話を小説風に仕立てたものだが、作者の見解はともかく大きな反響を呼んだものであり、「川端の自殺のひきがねとなったと思われる（原因ではない）資料を入手した当時から、これは秘密に葬り去ってはならないと確信した」ものであり、その原因は「もとより川端さんの全生涯と全作品に求むべきであり」、それを追求することによって、「川端さんの底なしの孤独像を描きあげようというのが」「そもそもの意図であった」と臼井氏はいう。きっかけではあっても原因ではないと言いつつ、臼井氏の眼にはやはり、川端の女性願望の並ならぬ姿があざやかに見えていたということであろう。

　これに対して三島の場合はどうであろう。もはや紙数も尽き簡潔にふれるほかはないが、川端のノーベル賞受賞に先立って、むしろ三島の方がさわがれていた。結果は三島のつよい期待と自信に反して川端となったが、受賞の通告の直後、新聞記者たちのいる前でひと息に力のこもった祝辞を書いてみせた三島の内面はどうであったろう。続いては〈盾の会〉の記念の行事への参列もきっぱりと、にべもなくことわられた無念さは、三島との間に、もはや恢復のできぬ距離を作ることとなる。川端も三島没後の葬儀の弔辞では、やはりあの〈盾の会〉にも参列すべきだったなどと反省の弁を述べているが、もはや両者の本質的な価値観の違いはどうすることもできまい。礼儀正しく述べている端正な『川端康成・三島由紀夫往復書簡』に見る言葉にも両者の共感を深く伝えるものは余りない。

これは両者の自決の場面を見ても、その違いは明らかであろう。川端の場合は知られる通りひとり離れた仕事場のマンションの中でガス管を銜えて死んでおり、遺書も家族への何の予告もない。このひっそりとした川端の死を見て、その担当でもあったベテランの編集者は、川端さんにはたとえばあの世からふらっと出て来て、またふらっと帰って行くような虚無観が漂って、正直余り驚きはなかったという。また太宰の場合を言えば学生時代の友人のひとりは、やはり太宰に常に死の匂いを感じ、ふっと隣のふすまを開けてあちらの世界に帰って行くという風な、死との親近感ともいうべきものをいつも感じていたと言い、またある友人は太宰の立っている場所は板の上でも、硬い畳の上でもない、何かむしろ一枚の上に立っているような危うさを感じていて、彼の自殺や心中未遂には何の驚きもなかったという。これは生の始まりである母胎に包まれ、胸に抱かれて授乳されつつ育った体験が皆無であったことも根本的な原因のひとつではなかったのか。事実、太宰は長く病身の母の代りに抱いて寝てくれていた出戻りの叔母の存在を、長い間母と思って疑わなかったという。いずれにせよ母胎体験の欠落が彼らの孤独感や生への虚無感を生んだのではないか。いずれにせよ川端、太宰のひっそりとした自決の印象に対して、舞台の上での、あまねく衆人看視の場面を選んだと思われる三島の死とは何か。

五

ここで最後に三島の裡なる夢を託した男の無残な敗北が、海の男の物語として描かれている『午後の曳航』と題した一篇をとりあげてみたい。主人公の船員龍二は横浜で出会ったひとりの美しい未亡人と結ばれ、海に託した夢を棄てて、平凡な地上の生活に還る。彼に海の男としての夢とあこがれを託していた、女の息子の登は、自分の夢が裏切られた怒りを抑えきれず、過激な仲間の集団と共に彼を殺そうとする。集団の首領の少年は言う。〈血が必要なんだ！　人間の血が！　さうしなくちや、この空つぽの世界は蒼ざめて枯れ果ててしまふんだ。僕たちはあの男の生きのいい、血を絞り取つて、死にかけてゐる宇宙、死にかけてゐる空、死にかけてゐる森、死にかけてゐる大地に輸血してやらなくちやいけないんだ〉。

こうして主人公の抱いていた午前の〈未知の栄光〉は打ち砕かれ、少年たちに引っ張られながら午前ならぬ〈午後の曳航〉という主体を失った存在として丘に向かう。それが水のない、からっぽのカンドックの傍だというのも皮肉だが、なお彼は想い起こす。「あの海の潮《うしお》の暗い情念、沖から寄せる海嘯《つなみ》の叫び声、高まって高まって砕ける波の挫折…」、この「暗い沖からいつも彼を呼んでいた未知の栄光」をくり返し想い起こす。その「夢想の中では栄光と死と女は、つねに三位一体であつた」。こうして「彼はもはや自分にとって永久に機会の失われた、荘厳な、万人の目の前の、壮烈無比な死を恍惚として夢みた」。しかしすべて彼の夢に終り、なんと無残にも彼は少年登の毒薬を仕込んだ紅茶を飲んで死に果てる。その最後はかくして「栄光の味は苦い」という一句を以て閉じられる。こうして「憧憬そのもののメタフォア」であり、また「憧憬を否定するイロニィ」（野口武彦）でもある〈海〉という偏在と虚材の二重性は、この『午後の曳航』一篇に最もあざやかだが、同時にこれが三島の処女作『花ざかりの森』に始まり、悼尾の連作『豊饒の海』の終末に至る三島文学の軌跡の集約であることも注目される。

『花ざかりの森』には数々の古典的存在である女たちの想いが語られる。ひとりの女ははじめて「海のすがたを胸にうつした」時、それは「殺される一歩手前、殺されると意識しながらおちいるあのふしぎな恍惚」を感じ、愛する男とは別れて、ひとり都に帰り尼となる。またひとりは幼い時、海はどこかと問えば「海なんて、どこまで行つたつてありはしないのだ。たとひ海へ行つたところでないのかもしれぬ」と兄に言われ、その後二人の夫と生別、死別の体験を経て、南の島から日本へ帰って来る。彼女を訪ねた客人が〈海〉の話を求めると、いますべては消え去ったという言葉を聞いた時、彼女を訪ねたまらうど（客人）は、そこに「生《いのち》がきはまつて独楽《こま》の澄むやうな静謐、いはば死に似た静謐」を感じたという。これがあの連作『豊饒の海』末尾の、もはや引くまでもない周知の、あの見事な静寂とひびき合っていることは明らかであろう。〈豊饒の海〉の意味する現世的な〈豊饒〉の背後には、すべてはまた空虚そのものであるという〈存在〉の本質がみえる。これはまた仏教の言葉で言えば、〈色即是空〉〈空即是色〉という逆説とも無縁ではあるまい。この〈豊饒の海〉の意味する逆説、背理を少年時から抱いていた三島が、たとえいかに輝く人生の終末を舞台で演じようとも、我々はそこに彼の深い虚無感と苦悩の影を感じざるをえない。しかしその彼が同時に『憂国』のように通俗的な一篇を挙げて、自分を知りたいなら、まずこれを読めと言っていることは、今もって頷け ぬ所である。この作品の文体、発想のどこに〈憂国〉の切迫した作品の裡なる声を聞くことができようか。「栄光と死と女は三位一体だつた」(『午後の曳航』)。これを「万人の目の前の、壮烈無比な死」(同前)として演じ切ろうとした、このエロティシズムの極限こそが彼のねらいであろう。

二・二六事件で仲間から取り残された新婚早々の若い夫婦の自決が舞台となるが、たとえば次の一節などはどうか。「自分が憂へる国は、この家のまはりに大きく雑然とひろがつている。自分はそのために身を捧げるのである。しかし自分が身を滅ぼしてまで諫めやうとするその巨大な国は、果してこの死に一顧を与へてくれるかどうかわからない。それでいいのである。ここは華華しくない戦場、誰にも勲を示すことのできない戦場であり、魂の最前線だつた」「血は次第に図に乗つて、傷口から脈打つやうに遡つた。前の畳は血しぶきに赤く濡れ、カーキいろのズボンの襞からは溜った血が畳に流れ落ちた。ついに麗子の白無垢の膝に、一滴の血が遠く小鳥のやうに飛んで届いた」。

これはその一節で、いかにも三島的な文体だが、「雑然と」とか「図に乗つて」とかいう語法には、やはり脆弱な文体のもろさを感じずにはおれまい。「魂の最前線」などとは、批評の文体ではあっても、小説の文体ではありえまい。これらはそのわずかな一端だが、ここに一貫した〈憂国〉というごとき切迫したモチーフも、文体のひびきも読みとることはできまい。あの開高健などのきびしい批判の生まれる所以である。文体のひびきが、そこに作品の背後の作家の心の声を聞かせるものとすれば、ここに聞こえて来るものは何か。あの『午後の曳航』の名訳者にして、これも見事な著作というほかはない『評伝三島由紀夫』の著者である、ジョン・ネイスンの次の言葉は、三島文学の本体の何たるかを見事にえぐりとってみせたものであろう。

「私にいえることは、ただ三島の一生の物語から感知するかぎりでは、それが基本的に死へのエロティックな陶酔にかかわっているように見えるということだけである。私が言いたいのは、三島は生涯かけて情熱的に死を欲し、「愛国心」をあらかじめ処方された一生の幻想たる苦痛に満ちた「英雄的な」死の手段として意識的に選択したように見えるということだ。私はかならずしも三島の最後の数年間のあの熱烈なナショナリズムが、ひとを担いでいたのだと信じているわけではない。しかし私には三島の自殺がその本質において、社会的でなく私的であり、憂国主義的でなく、エロティックであったやうに思われるのだ」と言い切っている。これは日本の批評家ではないというハンディをふまえてみても、なお鋭く、見事な指摘だと思っている。『憂国』の示す所もこれを裏切るものではあるまい。

以上、その文体、その他の批評を数々取り立てていったわけだが、私にはもうどうするすべもない。少年時代のあの〈夢〉に駆けもどろうとしたのだという三島の言葉は今も痛切にひびく。数々のナルシスティックな言動や表現の矛盾と読みとるとしても、なおその背後の謎は容易に解けることはあるまい。改めて小林秀雄のいう我々はそこに容易に解くことは出来ぬ、矛盾そのものとしての人間の内面を感じとるほかはない。三島の死の直後、さまざまな論評の中で最も深く心に残ったのは武田泰淳のテレビでの次のような言葉であった。「三島さんは立派な意味のある死に方がしたかったのだろう。しかし人間の死はそれがどんな小さな、人知れぬぶざまな死に方であろうと、同じもの、同じ重さのものなのだ。私は文学者としての三島さんにそのことを知っていてほしかった」という。これもまた三島の意識と行動に対する最も根源的な批評というべきであろう。太宰の死体が引きあげられた時、女（山崎富栄）の顔は苦痛にゆがんで見えたが、太宰の顔は実にしずかな平安に満ちていたと、担当の雑誌記者（野坂一夫）が言っている。川端の場合もその死生観からみて、やはり同じであったろう。しかし一番心に残るのは三島の自決直前に端座した彼の姿を自衛隊のひとりがドアの上のすき間から映しとった写真があり、このように静かな澄み切った三島の顔を見たことはなかったと友人の石原慎太郎が語っているが、これは我々の心の痛みを深く癒してくれるものであろう。

我々は彼の行動をただ狂気の沙汰、烏滸の沙汰と一蹴する前に、この時代にあって真にみずからを投げかけて生きるべき理念を、思想を持ちえているかを、自身に真剣に問いかけてみねばなるまい。これは三島没後四十年にして、なお我々の深く問われる所であろう。

以上、数々の批判も呈したが最後にフランス人として日本文化の最も深い理解者であったモーリス・パンゲの『自死の日本史』と題した大著の終末の言葉を揚げておこう。「三島一個の死はわれわれを襲い、われわれを捉え、われわれをうなずかせる」。人間の歴史は時に「歴史の身振いとでもいうべきものを」示す時がある。その時「死という虚無」は鋭い刃をもって現われ、存在はその濃密な謎をもって立ち現われてくる。「そのときこそ異常なまでに過激であったひとつの行為が、みずからの死を与えることのできる人間というものの比類なき至上性のもっともすぐれた例証となることであろう」。

# あとがき

二〇一〇年という三島没後四十年を記念して、『三島由紀夫を読む』と題してこの一巻を編んだが、幸い魅力ある論が多く集まり、充実した一巻となったことをまず喜びたい。最初の三篇はいずれもゲストの方々の論だが、まず巻頭の富岡氏の論の語る所は注目に価しよう。まず三島が若き日、ニューヨークのメトロポリタン美術館で見たカルヴァドール・ダリの『磔刑の基督』にふれ、「キリストも刑架も完全に空中に浮游して、そこに神聖な形而上学的空間ともいうべきものを作り出している」と三島は言うが、たしかにここには「原初のイエスの聖性が、この地上の歴史の現実空間を切り裂いて出現した瞬間を描いているかのよう」で、これは「あきらかに『神の死』が宣告された後の、人類が原子核を炸裂させた、二十世紀の虚無の空に浮かぶ逆説的な聖性であり、ニヒリズムと背中合わせの『神聖な形而上学的空間』」としての、「何かふしぎな圧倒的な力が漲っている」と富岡氏はいう。こうして三島がダリの『磔刑の基督』に垣間見た『聖性』は、二・二六事件に材を得た一連の作品ら（『英霊の声』『憂国』『十日の菊』）に「深く相通じるものがあったのではないか」と富岡氏は言い、さらには「……たしかに二・二六事件の挫折によって、何か偉大な神が死んだのだった」云々（「二・二六事件と私」後記）という、三島の言葉を書き加えているものをみれば、すでに『仮面の神学―三島由紀夫論』などの力作のある富岡氏が、『磔刑の基督』のような作品に深く魅かれた三島の感動の核心に何を見ようとしているかは明らかであろう。もはや仔細を追うまでもなく、三島の自決から今なお我々の心に大きな影響と衝撃を与えつづけているのは「三島が自己の存在そのものを、戦後日本社会という虚無の時空のうちに磔刑とし吊し、供儀としてささげてみせたから」だという、末尾に近い言葉の語る必然は明らかであろう。「われわれは未だにその『死』の深い本質的な宗教性を知らずに（あるいは知ろうともせずに）いる」ではないかと問う。ここに富岡氏の三島論を一貫する主張の何たるかは明らかであろう。

さて次の髙橋昌也氏の一文は一転して、三島とは小さい時から親交のあった想い出や印象が、こまやかな情愛と観察を込めて語られている。三島と自分の母親が同じ女学校時代からの親友であったこともあり、やがて文学と演劇と道は離れたが、三島の存在は自分の眼にはいつも熱く映るものがあったという。三島の文才のあざやかさは当然だが、それ以上に肉体の改造を目指してボディビルを始めた三島の姿を見ると、その「意志の貫徹は並大抵のものではなく」、まるで「受難にも似たそうした労苦」に励む三島の姿には深い感動を覚えるものがあったと言い、また三島の同性愛的志向も母親の深い愛情にからまるマザーコンプレックスの所在を見逃すことは出来まいと理解し、また彼のなみならぬ日本的伝統や古典への愛着の深さも身近かに深く読みとれる所だと言い、その晩期の極右的な動きへの傾きを憂慮しつつも、「彼の中にもともと潜んでいたニルヴァーナ現象というべき『真の安息の場所』である『死』への希求は顕在化し」、「それ以後は己にふさわしい死に場所と死に方を模索していたと思われてなりません」と髙橋氏は言う。いずれも身近かならではの切実な感想だが、最後に「関係者が故人となった現在、明かしても許されるだろう」と言って語っている、三島没後の通夜における母親の言葉や姿は、この筆者ならでは語りえぬ、魅力ある場面だと言っていい。最後にいまの国情を顧みる時、四十年前の三島のすでに予見していた所ではないかと思えば、いまこそ「彼の自らの死を賭しての警鐘の重大さを改めて痛感するばかり」だという。この末尾の言葉は富岡氏のそれにもおのずからつながるものだが、最も身近なひとりとしての切実な感想と印象をとりまぜた好個の一篇と言えよう。

さて、いささか駄弁を弄して来たので紙幅も残り少なくなり、以下は簡単な紹介にとどめることをご了承いただきたい。

続く久保田氏の論攷は、三島の最も得意とした演劇の代表作のひとつ『鹿鳴館』を舞台とし、題名通り〈明治の欧化政策〉の流れと、これにあいからむ〈女性たち〉の心理的変化や葛藤を描いたものだが、様々な資料を生かし、おのずから〈鹿鳴館〉なる存在の文化的、政治的存在の意義を問うと共に、そこに登場する女性たちの意識の変化、交流を通して時代の流れを問わんとしているが、ヒロインとしての影山伯爵夫人朝子の和服から洋服への変化ひとつの中にも欧化の流れと女主人公の夫に対する主体的意識の主張など、舞台に見るあざやかな形象の変化を通しての三島の描く、政治の公的背景と夫婦をめぐる私的葛藤のからみはあざやかであり、自分の文体表現のあざやかさを舞台に求めた三島の技法の冴えはあざやかであろう。筆者はなお〈昭憲皇后の洋装〉など、当時の女性の服装ひとつにも見る時代の変化など多彩な資料を生かし自在に書き加えている。端正な分析と指摘の行き届いた充実した一篇といえよう。

以下は学内の執筆陣の紹介だが、さらに簡略な紹介となることを諒されたい。

先ず中野氏の「文学を否定する文学者」と題した論は、その題名通り表現者としては誇るべき文才を持ちながら、内面的にはこれを否定する虚無的な認識を持った三島の本質をえぐった好論であり、分析は『金閣寺』を対象としているが、行きつく所は三島文学をつらぬく逆説的悲劇の解明に終る。あり余る文才を持ちつつ、その「表象の森からの脱出を図」った。しかしその「抜け出た場所で、『生きること』つまり、生々しい現実の只中に身を置こうとした」ものの、彼の「割腹死がみずから証明しているように」それは遂に実現出来なかった。この三島の逆説的悲劇の終末の指摘を以て、この論攷は終るが、三島の根源の矛盾と悲劇性の核心を論じた充実の一篇と言えよう。

次の北川氏の論は三島の『豊饒の海』第四巻の「天人五衰」を論じたものだが、その「近代の終焉を演じるファルス」という題名通り、三島最終の一篇を論じたものだが、知られる通りすべての現実は〈無〉ではないかという終末の心象的結語は何を指すか。問題はこれを語っているのは、作中の語り手ならぬ、その背後の〈仮面の語り手、見えない歴史意志〉の営みではないのかと筆者は問い、この終末の場面を含んだ最後の一篇を編集者に託して、三島はその直後自決をはかる。それは、「さらにもう一つのファルスが演じられたように見えた」というのがこの論の結語である。この終末の一篇の主人公、「透と本多が演じたファルスは、近代の終焉こそを語っている筈ではないか」と筆者は語るが、これを悟り、描く作家の終末にいま「一つのファルスが演じられたように見え」

るとすれば、これらのファルスの背後にかくれるいまひとつの〈存在〉とは何か。文学作品を解く鍵はまさにここにある。筆者の作品分析には一切ふれずに来たが、北川氏の論、その解読の緻密さには正直我々の心を深く搏つものがある。ここには四部作の前半の三部の精密な読みと分析を終ったあとの筆者の眼に映った作品の仔細、その秘部が語られ、これは三島作品のファルスと呼ぶほかはない私的な才覚の航跡をあますことなく拾いあげ分析した、すぐれた論攷とみることが出来よう。

さて、次の倉本氏の論は、ここでも氏特有の近代作品と近世の作品との照合を微細に読み分けて論じた一篇だが、読者一般があまり眼を向けない初期の一短篇をとりあげ、その「創作ノート」に見るメモにある海外のテキストとの関連に目をくばりつつ、最終的には上田秋成の『雨月物語』の魅力にふれて「そこには秋成の、堪へぬいたあとの凝視のやうな空洞が、不気味に、しかし森厳に定着されてゐる」「こんな絶望の産物を、私は世界の文学にもざらには見ない」と三島は語っているが、さらに『春雨』への高い評価が『軽王子』への『血かたびら』の影響につながっているのではないかと、若干の保留を示しつつ指摘している。筆者は近世文学の専門家だが、その眼の届く領域は広く、その一端はここにもあざやかにあらわれている。ただこの論攷は「先行文学の詮索に終始し、『軽王子』の作品論や文体論に立ち入ること」ができなかったという筆者の言葉を汲みとり、必ずや取り上げられるであろう、今後の秋成と三島論のすぐれた成果を期待したいものである。

さて次の加藤氏の論は、これもまたあまり衆目の集まらない中間小説的な長篇『音楽』をとりあげたものだが、しかし渋沢龍彦はこの発表の場所が「婦人公論」であり、「平易な文体」を工夫しているようだが、「主題になっているのは精神分析」で、しかも「推理小説のごときサスペンスをもたせて、一女性の深層心理にひそむ怖ろしい人間の謎が、ついに白日のもとに暴き出されるまでの過程をじっくり描」いた、「よく出来た小説であり、エンタテインメントとしても上乗の作であろう」と論じている。たしかに三島文学の主流とはならなかったが、これが「精神分析」を主体としていることは三島にとっては関心の深い課題であり、これを扱った所に、この作品の意義はあろうと筆者はいう。また特にこの作品の題材のひとつが女性の「冷感症」にあり、これは三島の関心の域を超えて戦後の一時代の問題でもあるとして、この作品の掲載された「婦人公論」は創刊時より「女性解放」を揚げた雑誌だが、この問題をどうとり上げているかという、その流れのなかにジャーナリズム独自の活動とその功罪の有無も含めて、筆者は微細に戦後の女性の意識や感性の変化の流れと、これに対応するジャーナリズムの活動の実態を紹介しようとする。このあたりは筆者特有のすぐれた資料の活用の見られる所である。さてその仔細についてはもはやふれる余裕はないが、「戦後二十年たった現在、性の無力感」はひろまり、女性の「不感症」や男性の「不能者」の増加を見る時、そこに「現代文明のひずみ」を三島は描きとろうとしたのではないかと筆者は言い、さらに女性を対象とする雑誌の読者たちには、いま盛んに論じられる所も「人間には繊細で神秘的な精神が備わっており、そういうことを無視しては性の問題は語れない」という三島の文学者としての大切な意図が読みとれるであろうと筆者は、この作品の本来のモチーフを深く探りとっている。以下雑誌掲載時と単行本となった時の、これを体験者の〈手記〉としてどう実感的に読みとらせるかという作者のみならぬ、編集者の意図の工夫やこれに対する社会的な反応の変化など詳細に論じられている。もはやこれらの部分にくわしくふれる余裕はないが、三島本来の意図や雑誌編集などをめぐるジャーナリズムの意図がからむ所は資料を広く自在に汲みとる筆者の特性が最もよくうかがわれる所であり、三島と時代批判、さらには〈性〉の問題をめぐる特異の一篇として読みとることが出来よう。

「三島由紀夫とは誰か」と題した拙稿については、もはや格別ふれる所はない。ただ執筆者のひとり髙橋昌也氏が、拙稿でもふれた中村光夫の戯曲『汽笛一声』の主人公を演じていたことはふれておきたい。また小生の論は一貫して三島の在り方や作品については、かなり勝手な批判を以前も今も呈して来た所があるが、しかし最後にふれた通り、その〈自決〉の在り方については、不思議に深く心に残るものがあり、結論は今も容易には出ない。ただその解きがたい不抜の問いの語りかける所は、尠くとも今日のような閉塞的な世相の現実が続く限り、容易に消え去ることはあるまい。

最後に執筆の労をとって下さった各位には、心から感謝を込めてお礼申し上げたい。なお、次回は今年梅光学院創立一四〇年を迎えることを記念し、併せて第六〇巻の刊行ということになり、これにふさわしい充実した題目、内容を目下検討中である。我々の志のある所を汲みとっていただき、一層のご愛読を心より願うものである。

二〇一一年一月

佐藤泰正

# 執筆者プロフィール

## 北川　透　（きたがわ・とおる）

1935年生。梅光学院大学特任教授。著書に『北村透谷・試論』（全三巻　冬樹社）、『萩原朔太郎〈詩の原理〉論』（筑摩書房）、『詩的レトリック入門』（思潮社）、『谷川俊太郎の世界』（思潮社）、『中原中也論集成』（思潮社）など。

## 倉本　昭　（くらもと・あきら）

1967年生。梅光学院大学教授。「菊舎尼の和漢古典受容」（『梅光学院大学公開講座論集　俳諧から俳句へ』笠間書院）、「『経雅卿雑記』拾遺」（堀切実編『近世文学研究の新展開―俳諧と小説』ぺりかん社）など。

## 加藤邦彦　（かとう・くにひこ）

1974年生。梅光学院大学准教授。著書・論文に『中原中也と詩の近代』（角川学芸出版、2010年3月）、「第二次「四季」にとって中原中也の存在意義とは何だったか」（「日本文学研究」第45号、2010年1月）など。

## 富岡幸一郎　（とみおか・こういちろう）

1957年生。文芸評論家・関東学院大学教授。著書に『仮面の神学　三島由紀夫論』（構想社）、『文芸評論集』（アーツアンドクラフツ）、『スピリチュアルの冒険』（講談社現代新書）など。

## 髙橋昌也　（たかはし・まさや）

1930年生。俳優・演出家。1987〜1999年銀座セゾン劇場（現ル・テアトル銀座）芸術総監督。1996年より同劇場の黒柳徹子主演シリーズの演出を担当。セゾン文化財団評議員。

## 久保田裕子　（くぼた・ゆうこ）

1964年生。福岡教育大学教授。共著に『日本文学研究論文集成42　三島由紀夫』（若草書房）、『三島由紀夫論集II　三島由紀夫の表現』（勉誠出版）、『現代女性文学を読む』（双文社出版）など。

## 中野新治　（なかの・しんじ）

1947年生。梅光学院大学教授。著書に『宮沢賢治・童話の読解』（翰林書房）、『透谷と近代日本』（翰林書房、共著）、『キリスト教文学を読む人のために』（世界思想社、共著）など。

# 三《み》島《しま》由《ゆ》紀《き》夫《お》を読《よ》む

梅光学院大学公開講座論集　第59集

2011年3月20日　初版第1刷発行

佐藤泰正

1917年生。梅光学院大学特任教授。文学博士。著書に『日本近代詩とキリスト教』（新教出版社）、『これが漱石だ。』（櫻の森通信社）、『夏目漱石論』（筑摩書房）、『中原中也という場所』（思潮社）、『佐藤泰正著作集』全13巻（翰林書房）ほか。

編者

右澤康之

装幀

株式会社　シナノ

印刷／製本

有限会社　笠間書院

〒101-0064　東京都千代田区猿楽町2-2-3

Tel 03(3295)1331　Fax 03(3294)0996

発行所

ISBN　978-4-305-60260-2　C0395　NDC分類：910. 264

佐藤泰正編　笠間ライブラリー❖梅光学院大学公開講座

## 1 文学における笑い

古代文学と笑い■山路平四郎　今昔物語集の笑い■宮田尚　芭蕉俳諧における「笑い」■復本一郎　「猫」の笑いとその背後にあるもの■佐藤泰正　椎名文学における〈笑い〉と〈ユーモア〉■宮野光男　天上の笑いと地獄の笑い■安森敏隆　中国古典に見る笑い■白木進　シェイクスピアと笑い■後藤武士　風刺と笑い■奥山康治　現代アメリカ文学におけるユダヤ人の歪んだ笑い■今井夏彦

60214-8
品　切

## 2 文学における故郷

民族の魂の故郷■国分直一　古代文学における故郷■岡田喜久男　源氏物語における望郷の歌■武原弘　近代芸術における故郷■磯田光一　近代詩と〈故郷〉■佐藤泰正　文学における故郷の問題■早川雅之　〈故郷〉への想像力■武田友寿　椎名文学における〈故郷〉■宮野光男　民族の中のことば■岡野信子　英語のふるさと■田中美輝夫

60215-6
1000円

## 3 文学における夢

先史古代人の夢■国分直一　夢よりもはかなき■森田兼吉　夢幻能に見る人間の運命■池田富蔵　「今昔物語集」の夢■高橋貢　伴善男の夢■宮田尚　〈夢〉■佐藤泰正　夢と文学■饗庭孝男　寺山修司における〈地獄〉の夢■安森敏隆　夢と幻視の原点■水田巌　エズラ・パウンドの夢の歌■佐藤幸夫　キャサリン・マンスフィールドと「子供の夢」■吉津成久

50189-9
品　切

## 4 日本人の表現

和歌における即物的表現と即心的表現■山路平四郎　王朝物語の色彩表現■伊原昭　「罪と罰」雑感■桶谷秀昭　漱石の表現技法と英文学■矢本貞幹　芥川の「手巾」に見られる日本人の表現■向山義彦　『文章読本』管見■常岡晃　九州弁の表現法■藤原与一　英語と日本語の表現構造■村田忠男　日本人の音楽における特性■中山敦

50190-2
1000円

ISBNは頭に978-4-305を付けご利用下さい。

佐藤泰正編　笠間ライブラリー❖梅光学院大学公開講座

## 5 文学における宗教

旧約聖書における文学と宗教■関根正雄　キリスト教と文学の接点■大塚野百合　エミリー・ブロンテの信仰■宮川下枝　セアラの愛■宮野祥子　ヘミングウェイと聖書的人間像■樋口日出雄　ジョルジュ・ベルナース論■上総英郎　ポール・クローデルのみた日本の心■石進　『風立ちぬ』の世界■佐藤泰正　椎名麟三とキリスト教■宮野光男　塚本邦雄における〈神〉の位相■安森敏隆

50191-0
1000円

## 6 文学における時間

先史古代社会における時間■国分直一　古代文学における時間■岡田喜久男　漱石における時間■佐藤泰正　戦後小説の時間■利沢行夫　椎名文学における〈時間〉■宮野光男　文学における瞬間と持続■山形和美　十九世紀イギリス文学における「時間」■藤田清次　英語時制の問題点■加島康司　ヨハネ福音書における「時」■峠口新

50192-9
1000円

## 7 文学における自然

源氏物語の自然■武原弘　源俊頼の自然詠について■関根慶子　透谷における「自然」■平岡敏夫　漱石における〈自然〉■佐藤泰正　中国文学に於ける自然観■今浜通隆　ワーズワス・自然・パストラル■野中涼　アメリカ文学と自然■東山正芳　ヨーロッパ近代演劇と自然主義■徳永哲　イプセン作「テーリエ・ヴィーゲン」の海■中村都史子

50193-7
1000円

## 8 文学における風俗

倭人の風俗■国分直一　『今昔物語集』の受領たち■宮田尚　浮世草子と風俗■渡辺憲司　椎名文学における〈風俗〉■宮野光男　藤村と芥川の風俗意識に見られる近代日本文学の歩み■向山義彦　文学の「場」としての風俗■磯田光一　現代アメリカ文学における風俗■今井夏彦　風俗への挨拶■新谷敬三郎　哲学と昔話■荒木正見　ことばと風俗■村田忠男

50194-5
1000円

ISBNは頭に978-4-305を付けご利用下さい。

佐藤泰正編　笠間ライブラリー❖梅光学院大学公開講座

## 9　文学における空間

魏志倭人伝の方位観■国分直一　はるかな空間への憧憬と詠歌■岩崎禮太郎　漱石における空間―序説■佐藤泰正　文学空間としての北海道■小笠原克　文学における空間■矢本貞幹　ヨーロッパ近代以降の戯曲空間と「生」■徳永哲　W・B・イエイツの幻視空間■星野徹　言語における空間■岡野信子　ボルノーの空間論■森田美千代　聖書の解釈について■岡山好江

50195-3
1000円

## 10　方法としての詩歌

源氏物語の和歌について■武原弘　近代短歌の方法意識■前田透　方法としての近代歌集■佐佐木幸綱　宮沢賢治―その挽歌をどう読むか■佐藤泰正　詩の構造分析■関根英二　『水葬物語』論■安森敏隆　私の方法■谷川俊太郎　シェイクスピアと詩■後藤武士　方法としての詩―W・C・ウィリアムズの作品に即して■徳永暢三　日英比較詩法■樋口日出雄　北欧の四季の歌■中村都史子

50196-1
1000円

## 11　語りとは何か

「語り」の内面■武田勝彦　異常な語り■荒木正見　『谷の影』における素材と語り■徳永哲　ヘミングウェイと語り■樋口日出雄　『フンボルトの贈物』■今石正人　『古事記』における物語と歌謡■岡田喜久男　語りとは何か■藤井貞和　日記文学における語りの性格■森田兼吉　〈語り〉の転移■佐藤泰正

50197-×
1000円

## 12　ことばの諸相

ロブ・グリエ「浜辺」から■関根英二　俳句・短歌・詩における〈私〉の問題■北川透　イディオットの言語■赤祖父哲二　『源氏物語』の英訳をめぐって■井上英明　ボルノーの言語論■森田美千代　英文法■加島康司　英語変形文法入門■本橋辰至　「比較級＋than 構造」と否定副詞■福島一人　現時点でみる国内国外における日本語教育の種々相■白木進　仮名と漢字■平井秀文

50198-8
1100円

ISBNは頭に978-4-305を付けご利用下さい。

佐藤泰正編　笠間ライブラリー❖梅光学院大学公開講座

13

## 文学における父と子

家族をめぐる問題■国分直一　孝と不幸との間■宮田尚　俊成と定家■岩崎禮太郎　浮世草子の破家者達■渡辺憲司　明治の〈二代目たち〉の苦闘■中野新治　ジョバンニの父とはなにか■吉本隆明　子の世代の自己形成■吉津成久　父を探すヤペテ＝スティーヴン■鈴木幸夫　S・アンダスン文学における父の意義■小園敏幸　ユダヤ人における父と子の絆■今井夏彦

50199-6
1000円

14

## 文学における海

古英詩『ベオウルフ』における海■矢田裕士　ヘンリー・アダムズと海■樋口日出雄　海の慰め■小川国夫　万葉人たちのうみ■岡田喜久男　中世における海の歌■池田富蔵　「待つ」ことのコスモロジー■杉本春生　三島由紀夫における〈海〉■佐藤泰正　吉行淳之介の海■関根英二　海がことばに働くとき■岡野信子　現象としての海■荒木正見

50200-3
1000円

15

## 文学における母と子

『蜻蛉日記』における母と子の構図■守屋省吾　女と母と■安森敏隆　母と子■中山和子　汚辱と神聖と■斎藤末弘　文学のなかの母と子■宮野光男　母の魔性と神性■渡辺美智子　『海へ騎り行く人々』にみる母の影響■徳永哲　ボルノーの母子論■森田美千代　マターナル・ケア■たなべ・ひでのり

60216-4
1000円

16

## 文学における身体

新約聖書における身体■峠口新　身体論の座標■荒木正見　G・グリーン「燃えつきた人間」の場合■宮野祥子　身体・国土・聖別■井上英明　身体論的な近代文学のはじまり■亀井秀雄　近代文学における身体■吉田熈生　漱石における身体■佐藤泰正　竹内敏晴のからだ論■森田美千代　短歌における身体語の位相■安森敏隆

60217-2
1000円

ISBNは頭に978-4-305を付けご利用下さい。

佐藤泰正編　笠間ライブラリー❖梅光学院大学公開講座

## 17 日記と文学

『かげろうの日記』の拓いたもの━森田兼吉　『紫式部日記』論予備考説━武原弘　建保期の定家と明月記━岩崎禮太郎　二世市川団十郎日記抄の周辺━渡辺憲司　傍観者の日記・作品の中の傍観者━中野新治　一葉日記の文芸性━村松定孝　作家と日記━宮野光男　日記の文学と文学の日記━中野記偉　『自伝』にみられるフレーベルの教育思想━吉岡正宏

60218-0
1000円

## 18 文学における旅

救済史の歴史を歩んだひとびと━岡山好江　天都への旅━山本俊樹　ホーソンの作品における旅の考察━長岡政憲　アラン島の生活とシング━徳永哲　海上の道と神功伝説━国分直一　万葉集における旅━岡田喜久男　〈旅といのち〉の文学━岩崎禮太郎　同行二人━白石悌三　『日本言語地図』から20年━岡野信子

60219-9
1000円

## 19 事実と虚構

『遺物』における虚像と実像━木下尚子　鹿谷事件の〈虚〉と〈実〉━宮田尚　車内空間と近代小説━剣持武彦　斎藤茂吉における事実と虚構━安森敏隆　太宰治━長篠康一郎　竹内敏晴における事実と虚構━森田美千代　遊戯論における現実と非現実の世界━吉岡正宏　テニスン『イン・メモリアム』考━渡辺美智子　シャーウッド・アンダスンの文学における事実と虚構━小園敏幸

60220-2
1000円

## 20 文学における子ども

子ども━「大人の父」━━向山淳子　児童英語教育への効果的指導━伊佐雅子　『源氏物語』のなかの子ども━武原弘　芥川の小説と童話━浜野卓也　近代詩のなかの子ども━佐藤泰正　外なる子ども　内なる子ども━いぬいとみこ　「内なる子ども」の変容をめぐって━高橋久子　象徴としてのこども━荒木正見　子どもと性教育━古澤暁　自然主義的教育論における子ども観━吉岡正宏

60221-0
1000円

ISBNは頭に978-4-305を付けご利用下さい。

佐藤泰正編　笠間ライブラリー❖梅光学院大学公開講座

## 21 文学における家族

平安日記文学に描かれた家族のきずな━森田兼吉　家族の発生━山田有策　塚本邦雄における〈家族〉の位相━安森敏隆　中絶論━芹沢俊介　「家族」の脱構築━吉津成久　清貧の家族━向山淳子　家庭教育の人間学的考察━広岡義之　日米の映画にみる家族━樋口日出雄

60222-9
1000円

## 22 文学における都市

欧米近代戯曲と都市生活━徳永哲　都市とユダヤの「隙間」━今井夏彦　ボルノーの「空間論」についての一考察━広岡義之　民俗における都市と村落━国分直一　〈都市〉と「恨の介」前後━渡辺憲司　百閒と漱石──反=三四郎の東京━西成彦　都市の中の身体　身体の中の都市━小森陽一　宮沢賢治における「東京」━中野新治　都市の生活とスポーツ━安冨俊雄

60223-7
1000円

## 23 方法としての戯曲

『古事記』における演劇的なものについて━岡田喜久男　方法としての戯曲━松崎仁　椎名麟三戯曲「自由の彼方で」における〈神の声〉━宮野光男　方法としての戯曲━高堂要　欧米近代戯曲における「神の死」の諸相━徳永哲　戯曲とオペラ━原口すま子　島村抱月とイプセン━中村都史子　ボルノーにおける「役割からの解放」概念について━広岡義之　〈方法としての戯曲〉とは━佐藤泰正

60224-5
1000円

## 24 文学における風土

ホーソーンの短編とニューイングランドの風土━長岡政憲　ミシシッピー川の風土とマーク・トウェイン━向山淳子　現代欧米戯曲にみる現代的精神風土━徳永哲　神聖ローマの残影━栗田廣美　豊国と常陸国━国分直一　『今昔物語集』の〈九州〉━宮田尚　賢治童話と東北の自然━中野新治　福永武彦における「風土」━曽根博義　『日本言語地図』上に見る福岡県域の方言状況━岡野信子　スポーツの風土━安冨俊雄

60225-3
1000円

ISBNは頭に978-4-305を付けご利用下さい。

佐藤泰正編　笠間ライブラリー❖梅光学院大学公開講座

## 25 「源氏物語」を読む

源氏物語の人間▍目加田さくを　「もののまぎれ」の内容▍今井源衛　『源氏物語』における色のモチーフ▍伊原昭　光源氏はなぜ絵日記を書いたか▍森田兼吉　弘徽殿大后試論▍田坂憲二　末期の眼▍武原弘　源氏物語をふまえた和歌▍岩崎禮太郎　光源氏の生いたちについて▍井上英明　『源氏物語』の中国語訳をめぐる諸問題▍林水福　〈読む〉ということ▍佐藤泰正

60226-1
品　切

## 26 文学における二十代

劇作家シングの二十歳▍徳永哲　エグサイルとしての二十代▍吉津成久　アメリカ文学と青年像▍樋口日出雄　儒者・文人をめざす平安中期の青年群像▍今浜通隆　維盛の栄光と挫折▍宮田尚　イニシエーションの街―「三四郎」▍石原千秋　「青春」という仮構▍紅野謙介　二十代をライフサイクルのなかで考える▍古澤暁　文学における明治二十年代▍佐藤泰正

60277-×
1000円

## 27 文体とは何か

文体まで▍月村敏行　新古今歌人の歌の凝縮的表現▍岩崎禮太郎　大田南畝の文体意識▍久保田啓一　太宰治の文体―「富嶽百景」再攷▍鶴谷憲三　表現の抽象レベル▍野中涼　語彙から見た文体▍福島一人　新聞及び雑誌英語の文体に関する一考察▍原田一男　〈海篇〉に散見される特殊な義注文体▍遠藤由里子　漱石の文体▍佐藤泰正

60228-8
品　切

## 28 フェミニズムあるいはフェミニズム以後

近代日本文学のなかのマリアたち▍宮野光男　「ゆき女きき書」成立考▍井上洋子　シェイクスピアとフェミニズム▍朱雀成子　フランス文学におけるフェミニズムの諸相▍常岡晃　女性の現象学▍広岡義之　フェミニスト批判に対して▍富山太佳夫　言語運用と性▍松尾文子　アメリカにおけるフェミニズムあるいはフェミニスト神学▍森田美千代　山の彼方にも世界はあるのだろうか▍中村都史子　スポーツとフェミニズム▍安富俊雄　近代文学とフェミニズム▍佐藤泰正

60229-6
1000円

ISBNは頭に978-4-305を付けご利用下さい。

佐藤泰正編　笠間ライブラリー❖梅光学院大学公開講座

## 29 文学における手紙

手紙に見るカントの哲学■黒田敏夫　ブロンテ姉妹と手紙■宮川下枝　シングの孤独とモリーへの手紙■徳永哲　苦悩の手紙■今井夏彦　平安女流日記文学と手紙■森田兼吉　『今昔物語集』の手紙■宮田尚　書簡という解放区■金井景子　塵の世・仙境・狂気■中島国彦　「郵便脚夫」としての賢治■中野新治　漱石―その〈方法としての書簡〉■佐藤泰正

60230-×
1000円

## 30 文学における老い

古代文学の中の「老い」■岡田喜久男　「楢山節考」の世界■鶴谷憲三　限界状況としての老い■佐古純一郎　聖書における老い■峠口新　老いゆけよ我と共に―R・ブラウニングの世界■向山淳子　アメリカ文学と〝老い〟■大橋健三郎　シャーウッド・アンダスンの文学におけるグロテスクと老い■小園敏幸　ヘミングウェイと老人■樋口日出雄　「老い」をライフサイクルのなかで考える■古澤暁　〈文学における老い〉とは■佐藤泰正

60231-8
1000円

## 31 文学における狂気

預言と狂気のはざま■松浦義夫　シェイクスピアにおける狂気■朱雀成子　近代非合理主義運動の功罪■広岡義之　G・グリーン『おとなしいアメリカ人』を読む■宮野祥子　狂気と江戸時代演劇■松崎仁　北村透谷―「疎狂」の人■藪禎子　萩原朔太郎の「殺人事件」■北川透　狂人の手記■木股知史　森内俊雄文学のなかの〈狂気の女〉■宮野光男　〈文学における狂気〉とは■佐藤泰正

60232-6
1000円

## 32 文学における変身

言語における変身■古川武史　源氏物語における人物像変貌の問題■武原弘　ドラマの不在・変身■中野新治　変身、物語の母型―漱石『こゝろ』管見―■浅野洋　唐代伝奇に見える変身譚―■増子和男　神の巫女―谷崎潤一郎〈サイクル〉の変身―■清水良典　メタファーとしての変身―■北川透　イエスの変貌と悪霊に取りつかれた子の癒し―■森田美千代　〈文学における変身〉とは■佐藤泰正　トウェインにおける変身、或いは入れ替わりの物語■堤千佳子

60233-4
1000円

ISBNは頭に978-4-305を付けご利用下さい。

佐藤泰正編　笠間ライブラリー❖梅光学院大学公開講座

## 33 シェイクスピアを読む

多義的な〈真実〉■鶴谷憲三　『オセロー』―女たちの表象■朱雀成子　昼の闇に飛翔する〈せりふ〉■徳永哲　シェイクスピアと諺■向山淳子　ジョイスのなかのシェイクスピア■吉津成久　シェイクスピアを社会言語学的視点から読む■高路善章　シェイクスピアの贋作■大場建治　シェイクスピア劇における特殊と普遍■柴田稔彦　精神史の中のオセロウ■藤田実　漱石とシェイクスピア■佐藤泰正

60234-2
1000円

## 34 表現のなかの女性像

「小町変相」論■須浪敏子　〈男〉の描写から〈女〉を読む■森田兼吉　シャーウッド・アンダスンの女性観■小園敏幸　矢代静一「泉」を読む■宮野光男　和学者の妻たち■久保田啓一　文読む女・物縫う女■中村都史子　運動競技と女性のミステリー■安冨俊雄　マルコ福音書の女性たち■森田美千代　漱石の描いた女性たち■佐藤泰正

60235-0
1000円

## 35 文学における仮面

文体という仮面■服部康喜　変装と仮面■石割透　キリスト教におけるペルソナ（仮面）■松浦義夫　ギリシャ劇の仮面から現代劇の仮面へ■徳永哲　ボルノーにおける「希望」の教育学■広岡義之　ブラウニングにおけるギリシャ悲劇〈仮面劇〉の受容■松浦美智子　見えざる仮面■松崎仁　〈仮面〉の犯罪■北川透　〈文学における仮面〉とは■佐藤泰正　テニソンの仮面■向山淳子

60236-9
1000円

## 36 ドストエフスキーを読む

ドストエフスキー文学の魅力■木下豊房　光と闇の二連画■清水孝純　ロシア問題■新谷敬三郎　萩原朔太郎とドストエフスキー■北川透　ドストエフスキーにおけるキリスト理解■松浦義夫　「罪と罰」におけるニヒリズムの超克■黒田敏夫　『地下室の手記』を読む■徳永哲　太宰治における〈ドストエフスキー〉■鶴谷憲三　呟きは道化の祈り■宮野光男　ドストエフスキイと近代日本の作家■佐藤泰正

60237-7
1000円

ISBNは頭に978-4-305を付けご利用下さい。

佐藤泰正編　笠間ライブラリー❖梅光学院大学公開講座

37
## 文学における道化
受苦としての道化▌柴田勝二　笑劇（ファルス）の季節、あるいは蛸博士の二重身▌花田俊典　〈道化〉という仮面▌鶴谷憲三　道化と祝祭▌安冨俊雄　『源氏物語』における道化▌武原弘　濫行の僧たち▌宮田尚　近代劇、現代劇における道化▌徳永哲　シェイクスピアの道化▌朱雀成子　〈文学における道化〉とは▌佐藤泰正　ブラウニングの道化役▌向山淳子

60238-5
1000円

38
## 文学における死生観
斎藤茂吉の死生観▌安森敏隆　平家物語の死生観▌松尾葦江　キリスト教における死生観▌松浦義夫　ケルトの死生観▌吉津成久　ヨーロッパ近・現代劇における死生観▌徳永哲　教育人間学が問う「死」の意味▌広岡義之　「死神」談義▌増子和男　宮沢賢治の生と死▌中野新治　〈文学における死生観〉とは▌佐藤泰正　ブライアントとブラウニング▌向山淳子

60239-3
1000円

39
## 文学における悪
カトリック文学における悪の問題▌富岡幸一郎　エミリ・ブロンテと悪▌斎藤和明　電脳空間と悪▌樋口日出雄　悪魔と魔女と妖精と▌樋口紀子　近世演劇に見る悪の姿▌松崎仁　『今昔物語集』の悪行と悪業▌宮田尚　『古事記』に見る「悪」▌岡田喜久男　〈文学における悪〉とは―あとがきに代えて―▌佐藤泰正　ブラウニングの悪の概念▌向山淳子

60240-7
1000円

40
## 「こころ」から「ことば」へ「ことば」から「こころ」へ
〈道具〉扱いか〈場所〉扱いか▌中右実　あいさつ対話の構造・特性とあいさつことばの意味作用▌岡野信子　人間関係の距離認知とことば▌高路善章　外国語学習へのヒント▌吉井誠　伝言ゲームに起こる音声的な変化について▌有元光彦　話法で何が伝えられるか▌松尾文子　〈ケルトのこころ〉が囁く▌吉津成久　文脈的多義と認知的多義▌国広哲弥　〈ことばの音楽〉をめぐって▌北川透　言葉の逆説性をめぐって▌佐藤泰正

60241-3
1000円

ISBNは頭に978-4-305を付けご利用下さい。

## 佐藤泰正編　笠間ライブラリー❖梅光学院大学公開講座

### 50　宮沢賢治を読む

詩人、詩篇、そしてデモン━天沢退二郎　イーハトーヴの光と風━松田司郎　宮沢賢治における「芸術」と「実行」━中野新治　賢治童話の文体-その問いかけるもの━佐藤泰正　宮沢賢治と中原中也━北川透　宮沢賢治のドラゴンボール━秋枝美保　「幽霊の複合体」をめぐって━原子朗　「銀河鉄道の夜」━山根知子　「風の又三郎」異聞━宮野光男

60251-2　1000円

### 51　芥川龍之介を読む

海老井英次━「羅生門」の読み難さ　宮坂覺━「杜子春」論　関口安義━「玄鶴山房」を読む　中野新治━「蜘蛛の糸」あるいは「温室」という装置　北川透━文明開化の花火　宮野光男━芥川龍之介「南京の基督」を読む　宮田尚━芥川龍之介と『今昔物語集』との出会い　向山義彦━日本英文学の「独立宣言」と、漱石-芥川の伝統路線に見える近代日本文学の運命　松本常彦━芥川龍之介と弱者の問題　佐藤泰正━芥川─その〈最終章〉の問いかけるもの

60252-0　1000円

### 52　遠藤周作を読む

木崎さと子━神学と小説の間　遠藤順子━夫・遠藤周作と過ごした日々　加藤宗哉━おどけと哀しみと─人生の天秤棒　山根道公━遠藤周作と井上洋治　高橋千劔破━遠藤周作における心の故郷と歴史小説　笠井秋生━「わたしが・棄てた・女」について　小林慎也━虚構と事実の間　宮野光男━遠藤周作「深い河」を読む　佐藤泰正━遠藤文学の受けついだもの

60253-9　1000円

### 53　俳諧から俳句へ

俳諧から俳句へ━坪内稔典　マンガ『奥の細道』━堀切実　戦後俳句の十数年━阿部誠文　インターネットで連歌を試みて━湯浅信之　花鳥風月と俳句━小林慎也　菊舎尼の和漢古典受容━倉本昭　鶏頭の句の分からなさ━北川透　芭蕉・蕪村と近代文学━佐藤泰正

60254-7　1000円

### 54　中原中也を読む

『全集』という生きもの━佐々木幹郎　中原中也とランボー━宇佐美斉　山口と中也━福田百合子　亡き人との対話─宮沢賢治と中原中也━中原豊　《「無」の軌道》を内包する文学─中原中也と太宰治の出会い─━北川透　中原中也　あるいは　魂の労働者━中野新治　ゆらゆれる「ゆあーん　ゆよーん」─中原中也「サーカス」の改稿と行の字下げをめぐって─━加藤邦彦　中原中也をどう読むか─その〈宗教性〉の意味を問いつつ─━佐藤泰正

60255-5　1000円

ISBNは頭に978-4-305を付けご利用下さい。

佐藤泰正編　笠間ライブラリー❖梅光学院大学公開講座

58

# 松本清張を読む

解き明かせない悲劇の暗さ―松本清張『北の詩人』論ノート　**北川透**▍『天保図録』―漆黒の人間図鑑―　**倉本昭**▍松本清張論―「天城越え」を手がかりに―　**赤塚正幸**▍松本清張と「日本の黒い霧」　**藤井忠俊**▍松本清張一面―初期作品を軸として―　**佐藤泰正**▍清張の故郷―『半生の記』を中心に―　**小林慎也**▍大衆文学における本文研究―「時間の習俗」を例にして―　**松本常彦**▍小倉時代の略年譜―松本清張のマグマ―　**小林慎也**

*60259-6*
1000 円

ISBN は頭に978- 4 -305を付けご利用下さい。